神様こどもと狛犬男子のもふもふカフェ

～みんなのお悩み祓います！～

江本マシメサ

目次

神様こどもと狛犬男子のもふもふカフェ

~みんなのお悩み祓います!~

第一章　別れと出会い、そして、散る桜

私——山田花乃《やまだかの》には、物心ついたときから母はいなかった。

父は「お前が幼稚園に入る前に、離婚したんだよ」と説明していたが、私は深く追及せずに「そうなんだ」と納得していた。

母代わりだったのは、田舎に住む祖母。東京《とうきょう》で父とふたりで暮らしていた私だけど、週末のたびに祖母のもとへ身を寄せていた。

父は忙しい人で、しょっちゅう海外出張で留守にしていたので、仕方がなかったのだろう。

父は遠い存在だったが、寂しくはなかった。

なぜかといったら私にとっての〝普通〟は、平日はお手伝いさんの料理を食べ、週末は祖母の料理を食べるというものだったから。

父がいて、母がいて、兄妹がいる。そしてたまに、祖父母や親戚に会うという家族の在《あ》り方は、私にとっての〝普通〟ではなかったのだ。

小学校高学年となれば、ひとりで新幹線に乗れるようになった。

東京から二時間、新幹線でゆーらゆらと過ごす。そのあと、大きな駅から電車を乗り継いで、祖母の迎えを受ける。

祖母が住む町は、自然が豊かで時間がゆっくり流れているような場所だ。

春は桜が満開となり、夏はセミがうるさく、秋はどんぐりや栗を拾い、冬は雪で作ったかまくらの中でお餅を焼いて食べた。

夏休みや冬休み、春休みはずっと、祖母の家で過ごしていた。そんな祖母との暮らしが、私にとっての〝普通〟だったのだ。

祖母は昔ながらの古民家にひとり暮らし。庭で野菜を育てたり、鶏《にわとり》から卵を分けてもらったり、野山でタケノコや山菜を採ったり。基本的に、自給自足の生活だ。

祖母自身は質素な暮らしだと言っていたけれど、食卓にはおかずが三品も四品も並んでいた。それはお手伝いさんが作る贅沢《ぜいたく》で見栄えがいい料理よりも、ずっとずっとおいしかった。

大人になってから、その理由に気付く。祖母の料理は私を想って作られていた。それを、一緒に囲んでいたのだ。一日あったことをおしゃべりしながら、楽しく食べていたので、ひときわおいしかったのだろう。

ひとりで寂しく食べる料理は、実に味気ないものだった。

私は人見知りをするほうで、学校にも、田舎にも、あまり友達はいなかった。映画やカラオケに行ったりした記憶はあったが、どれも心から楽しんだ覚えはない。

それよりも、祖母の手伝いをしているほうが好きだった。

木の蔓《つる》でカゴを作ったり、手まりに糸を巻いたり、梅干しを漬けたり、ジャムを作ったり、おだんごを搗《つ》いたり。

祖母は手先が器用で、魔法使いみたいになんでも作れる。

近所に住む人たちは、祖母が作ったお菓子や漬物、おだんごのファンだった。中には、売ってくれと言う人もいるくらい。

たくさんのものを惜しみなく与える祖母は、多くの人に愛されていた。

私の憧れであり、誇りであり、目標でもあった。

いつか祖母の家で、同じような暮らしをしたい。私はずっと夢見ていたが、現実は厳しいものであった。

一度、高校生のときに祖母の暮らす町の求人を調べたことがある。まず、サイトで調べられる求人は存在しなかった。祖母にも直接尋ねたが、「若い娘がするような仕事は、この辺りにはないんだよ」と言われてしまう。

お金を稼がなければ、暮らしていけない。かといって、都会で祖母のように自給自足の暮らしをするのは難しいだろう。だったら、どうすればいいのか。

考え抜いた結果、私はパティシエールとなった。祖母がしていた手仕事と同じように、毎日お菓子を作って、たくさんの人たちに喜んでもらえるから。

高校卒業後、製菓学校に通って国家資格である製菓衛生師や、技能検定制度の一種である菓子製造技能士を取得。父のサポートもあり、フランスに留学もできた。

その後、運よく都内の有名なパティスリーに就職したものの、祖母のような暮らしとはほど遠い。忙しいだけの、めまぐるしい日々を過ごしている。

就職してから、早七年。月日が過ぎゆくのは早いもので、私は二十八歳となった。

そろそろ独立も視野に入れようか。そんなことをぼんやり考え、飲食店の開業に必要となる食品衛生責任者の資格も取得した。

だが、具体的な将来のビジョンは、なにひとつない。忙しい中で、考える余裕すらなかったのだ。毎日残業が続き、休日出勤もこなしていた。休日は疲れて、家でおとなしく眠るだけ。

祖母とは、一年に一回会えたらいいほう。たった二時間の距離なのに、大人になった私には遠い場所のように思えてならなかった。

いつか、祖母の住む町に小さなカフェを開けたらいいな……。私がお菓子を焼いて、祖母がお茶を淹《い》れてくれる。

そんな夢を語ったとき、祖母はうれしそうに微笑《ほほえ》んでいた。

「だったら、この家を改装して、〝かふぇ〟にしたらいいよ」なんて楽しそうに話していたのに——祖母は突然亡くなってしまった。

◇◇◇

最期は苦しまずに死んだと、父はどこか他人事《ひとごと》のようにつぶやいていた。自分の母親について語る口調ではなかった。だれか、よく知る人の死を語るようだったのだ。

生まれて初めて、父に対して怒りがカッと湧き上がるのを感じた。この人には、情というものがないのかと。

けれど、父は昔からそうだったように思えた。

家に帰ってもほとんどしゃべらず、会話らしい会話をした覚えがない。親としての愛情を感じた瞬間など、一度もなかった。

代わりに、祖母が私に愛情を注いでくれた。おかげさまで、自分で言うのもなんだが、まっとうな人間に育ったと思う。

いつか祖母に恩返しをしたい。そう思っていたのに、祖母はもうこの世にいない。亡くなった、祖父のもとへと逝《い》ってしまった。

棺《ひつぎ》の中の祖母の表情は穏やかだった。今頃、祖父と再会しているのだろうか。

祖母の人生は、苦労の連続だったと聞いている。戦争で早くに夫を亡くし、農業をしながら女手ひとつで息子を育てた。それだけでなく、近所の身寄りのない子どもの面倒を見たり、祖母と同じく夫を亡くした女性に手を差し伸べたりと、たくさんの人たちを助けていたらしい。そのせいで、父は蔑《ないがし》ろにされたと憤り、親子仲はあまりよくなかったようだが……。

祖母は、「花乃と一緒に過ごせて、幸せだった」と言葉を遺《のこ》してくれた。

涙が、あふれてくる。

祖母が与えてくれたものを、私は返せていただろうか？　いいや、私は受け取るばかりで、祖母になにひとつ返せていない。

ポタポタと、涙が落ちていく。

いつも、私が泣いていたら、祖母が励ましてくれた。大丈夫、雨は、いつか止むから、と。

涙の雨は、しばらくおさまりそうにない。

しばし、祖母の亡骸《なきがら》の前で、涙に暮れていた。

お葬式が終わったあと、父はとんでもない発言をした。これから海外へ出張だから、成田《なりた》空港に向かわなければならない、納骨は頼んだ、と。

我が耳を疑ってしまった。

続けて、さらに驚くべき事実を告げられた。

父と私が育った祖母の家は、地主から借りている土地なのだとか。人が住めない状態となれば、契約は強制終了になると。

なんて勝手な……と思ったが、法律に基づいたものらしい。土地に関する決まりが、定められていると。

新しい借地借家法では、契約金を払い続けたら半永久的に住める。けれど、古い借地法では、建物が老朽化し、それを定期的に修繕する者がいない場合、借地権が消えてしまうという。祖母の家は百年以上前に地主から借りたもので、借地権は古いものが適用されるようだ。

衝撃を受ける私に、父は言った。祖母の家を取り壊し、更地にすると。

後頭部を金槌《かなづち》で殴られたような感覚に陥る。

祖母との思い出が詰まった家が、なくなってしまうと？

あの家は、祖母の宝石箱なのに。

建て付けが悪くて開きにくい玄関の引き戸も、古めかしい五右衛門《ごえもん》風呂も、昭和チックな土間の台所だって、祖母にとっては家族との思い出が詰まった宝物だ。

生まれて初めて、父を罵った。親不孝者だ、と。

父は怒らなかった。実に感情のない目で、私に告げた。

もしも家の管理をしてくれるのならば、取り壊すのは止めると。

頭の中は真っ白になった。

祖母が亡くなったばかりで、感情はぐちゃぐちゃだ。今、この瞬間に正しい判断をしろというのは、難しい話だろう。

父は半月後に、日本に戻ってくるという。それまでに、考えて答えを出すようにと言われた。

外はザーザー雨が降っている。

雨は神様の涙だと、祖母が教えてくれたのを思い出す。

神様も、祖母の死を悼《いた》んでくれているのだろうか。

私の中の雨は、しばらく止みそうにない。

◇◇◇

結局、祖母の家に立ち寄らずに東京に帰ってきてしまった。

家の中は、祖母が生活していたまま。洗濯物だって、出しっぱなしかもしれない。

畑に水をやる人も、いないだろう。祖母が大事にしていたぬか漬けだって、毎日混ぜないとダメになってしまうのに……。

頭を抱え込んでしまう。

祖母のいない家に行きたくなかったのだ。まだ、祖母の死を受け入れられないのだろう。

そんな状況にもかかわらず、私は何食わぬ顔で出勤し、今日もお菓子を焼いている。動いていないと、祖母の死について考えてしまうので、いつも以上に働いてしまうのだ。

祖母の葬儀から一週間経ったが、いまだに答えが出せないままでいる。

やめたらお店に迷惑がかかるとか、引っ越しても田舎に仕事があるのだろうかとか、心配が尽きない。

だれかに家を貸すことも検討した。だが、人口が減りつつある町の築百年の家を、だれが借りるというのか。

考えれば考えるほど、頭の中が混乱してしまう。

今は、バリバリ働いているほうが、楽だ。無心になれる。

あっという間に、一日が過ぎていった。

終業後も、新人パティシエがするはずの材料の計量をこなし、ひと息つく。

休憩室でお茶でも飲んで帰ろうかと思っていたら、扉の向こうから男女の会話が聞こえてきた。

ひとりは私より三つ年下のパティシエール。もうひとりは、今年入ったばかりの新人パティシエだ。

「ねえ、まだ計量終わっていないんでしょう？」

「大丈夫、大丈夫。勝手にしてくれるから」

「もー、〝座敷わらし〟にばかり頼っていたら、いつまで経っても一人前になれないんだからね」

胃のあたりがスーッと冷えたような、心地悪い感覚に襲われた。その場から動くこともできずに、ただただ呆然《ぼうぜん》と話を盗み聞きするような形になってしまう。

「でも、なんていうか、なにを考えているか、わからないんですよね。だれに対しても、にこにこしていて、人間味が薄いっていうか」

「それはわかるかも。本心が見えないっていうの？　存在感も薄いし、座敷わらしってあだ名がぴったりだなって」

ふたりの発言に、胸がツキンと痛む。

〝座敷わらし〟というのは、私のあだ名だ。なんでも、勝手に人の仕事をしてくれるので、一緒に働く人たちが幸せになれるから、だという。

学生時代にも私はそう呼ばれていた。なぜなら当時の私は前髪パッツンのおかっぱ頭で、座敷わらしにそっくりだったからだ。今はもちろん、おかっぱではない。月に一度は美容室に通い、見た目にはそれなりに気を遣っている。

あだ名が知れ渡ったきっかけは、学生時代の知人が来店したからだ。その際に「あれ、座敷わらしじゃん！」と言われてしまったのが、瞬く間に職場で広がったのだ。

学生時代と社会人時代では、由来は異なるけれど、どちらも複雑な思いになるのが本音だ。

座敷わらしはよい存在なのだけれど……。

ふと、祖母の言葉を思い出す。

――好意を相手に向けたら、好意が返ってくるよ。けれど、そこに少しでも〝仕方がない〟とか〝面倒だけれども〟という気持ちが混ざっていたら、同じようなものが返ってきてしまう。好意の扱いには気を付けなさい。

祖母の言うとおりだ。私の好意は、少し歪《ゆが》んでいたように感じる。結果、新人パティシエは仕事をサボるようになってしまった。

よい結果をもたらす好意とは、どんなものなのか。めまぐるしい日々を過ごす中で、それすらわからなくなっている。

くらくらと、めまいを覚えた。具合も悪くなって、その場にしゃがみ込んでしまう。

床に膝《ひざ》をついた瞬間、自分はものすごく疲れているのだと気付いた。体力も気力も、尽きかけている。

このままでは、私という存在がすり減ってしまう。これ以上、自分をなくしたくない。

今この瞬間に、この先どうしたいかという方針が、固まってしまった。

長年勤めていたお店をやめ、祖母の家の管理をすると。

上司にやめると言ったら、引き留められた。良心は痛んだが、私の人生は私のものだ。他人の都合で変えるなんて、あってはならない。

可能な限り引き継ぎをして、退職した。

父と住んでいたマンションは、そのままでいいだろう。

必要最低限の服や生活必需品を詰めた旅行鞄《かばん》と共に、私は東京から脱出する。

そして、新幹線と電車を使って二時間移動した地にある、祖母の家を目指した。

◇◇◇

駅にある桜並木が、私を迎えてくれる。

風が吹くと、桜の花びらがハラハラと散った。灰色だった私の心が、鮮やかに色づく。あまりの美しさに、しばしぼんやりと見入ってしまった。

そういえば、忙しく過ごすあまり、桜をゆっくり眺める余裕なんてなかった。

今は四月下旬――東京の桜はすっかり散ってしまったが、この辺りでは五月上旬あたりまで桜が楽しめるのだ。

たった二時間、新幹線と電車を走らせただけで、景色は一変する。

ビルに囲まれたどこか冷たい街並みから、田畑が広がる温もりある景色へと。

祖母の葬儀の日は、雨だった。けれど今日は、澄んだ青空が広がっている。

私の新しい門出を、祝ってくれているみたいだ。

——なんて、前向きな気持ちになるのは、今だけだろう。

現在の私は、職なし、財産なし、家族なしの状態だ。これからどうなるのか、まったく想像もできない。

一応、この辺りの仕事も調べてみたが、パティシエールの能力が活かされる仕事の募集はなかった。

パティスリーは一時間車を走らせた先にある隣町にしかない。ホテルもなければ、製菓工場もなかった。

車の免許はあるけれど、なんだか怖い。車について考えると、なぜかぶるりと震えてしまう。ペーパードライバーなので運転に自信がなく、車も持っていないし、通勤は現実的ではない。

田舎生活に車は必須だけれど、祖母は車を必要としていなかった。たぶん、なんとかなるだろう。

この地での仕事といえば、農業が中心である。畑での野菜作りから、ハウス栽培の花を育てる仕事、果樹の収穫など、よりどりみどりだ。

他には、腐葉土を作る会社の事務や、農業資材の提案、営業などの仕事もある。どれも基本的に、農業に関わるものばかり。以前に比べたら、職業選択の幅は広がっているような気がする。

とりあえず、一週間くらいは家の掃除をして、遺品を整理して、部屋を整えないといけないだろう。仕事については、すべてが終わってから考えたい。

駅周辺は驚くほど静かだ。客待ちのタクシーすらいない。

いつも、私がこの町にやってくるとき、祖母は駅まで迎えに来てくれた。

今日は――だれもいない。

電車から降りてきたのは私ひとりだったので、無理もないが。

新しい一歩を踏み出す。右手はキャリーバッグを引いて、左手にはぬか漬けの壺《つぼ》を抱えながら。

ぬか漬けは、祖母から以前分けてもらったものを持ってきた。これから、新しいぬか床を作れるだろう。

東京の街のように、道は整っていない。ガタガタなアスファルトの道を、気合いで進む。

二十分ほど歩いた先に、祖母の家はあった。

まだ、祖母が亡くなってから一カ月しか経っていない。きっと、なにも変わらない姿を保っているだろう。

そう思っていたが……。

「え？」

祖母の家の前に、見慣れぬ立て看板が出ていた。

「和風カフェ・狛犬《こまいぬ》？」

思わず、独り言をつぶやくように看板に書かれた文字を読んでしまう。

驚き、目をこするが、見間違いではない。確かに、看板がある。加えて玄関には、〝営業中〟の札がかかっていた。

――こんなの嘘《うそ》だ。なにかの間違いだろう。

そう思って、勝手口のあるほうへと回り込んだ。裏門から敷地内へと入り、古井戸の前を通り過ぎる。

庭には、祖母の家庭菜園と果樹、昔ながらの物干し台があった。小さな池には、鯉《こい》とカメが悠々と泳いでいる。

庭は、なにも変わっていない。年季の入った木製の雨戸は閉まったまま。人の気配は感じない。

勝手口の鍵を開けた先は、土間の台所だ。扉を引くと、ギイ……と不気味な音を鳴らしながら開く。

が、ここでも私は驚き、腰を抜かしそうになる。

サラサラの銀髪に赤い瞳、和装姿の青年が、祖母のぬか床をせっせと混ぜていたのだ。ありえない光景に、絶句する。

「――なっ、なっ……!?」

一方で青年も私の存在に気付き、ぎょっとしていた。なんだか、お化けでも見たような反応である。

まさか、鍵と扉を開けて入ってきてなお存在感が薄かったのか。

こうやって驚かれたのは一度や二度ではない。飲食店に入り注文しようと声をかけてもスルーされたり、コンビニでレジカウンターに商品を置いたのに気付かれなかったり。自分でも不思議に思うほど、気配がないのだ。

だから私は〝座敷わらし〟などと呼ばれてしまうのだろう。

そんなことは、さておいて。青年は、私が生きている人間であるか確認するように問いかけてくる。

「あなたは、だれですか?」

それは、私も聞きたい。

青年の年頃は二十歳前後だろうか。血管が透けそうなほどの白い肌は、日本人離れしている。大した美貌の青年である。

あまりにも美しすぎて、恐ろしくなってしまった。勝手口の扉を勢いよく閉め、再び玄関へと走る。

あの『和風カフェ・狛犬』の看板は見間違いでありますようにと、願いながら。

しかし残念ながら、看板も、営業中の札も、確かにそこにかかっていた。

いったい、どういうことなのだろうか。もしかして、祖母がだれかと契約して、カフェを開いていたのだろうか。

でも、半年前に遊びに来たときは、普通の民家だった。それに、祖母もカフェについてなにも話していなかった。

それなのに、突然カフェが開いているなんて……！

どうしてこうなったのだと、頭を抱えてしまう。

もしかしたら祖母の訃報を聞き、地主がカフェを始めたのだろうか。でも、この家の所有者は父である。父に許可を取らずに、カフェなんか開けるわけがない。

脳裏に、父の姿が浮かぶ。昔から口数が少なくて、不器用で、無愛想だった。

そんな父が、突然カブトムシをもらってきた日があったのを思い出す。あれは、小学二年生の夏だったか。

喜ぶと思ったのかは定かではないが、私は虫が大の苦手だった。怖いと泣き叫び、結局カブトムシは、他の人が引き取る結果となった。

他にも、いきなり旅行に連れていかれたり、会社のバーベキューに参加させられたりと、父のやることなすことサプライズばかりだったような気がする。

もしかしてこのカフェも、私を驚かせようとして開いたとか？

そんな憶測が浮かんだが、いやいやないないと首を横に振る。祖母と私の夢を、父が知るわけがない。

祖母の家の前で呆然としていたら、だれかが玄関の引き戸を開けた。

背が高く、二十代半ばくらいの整った顔立ちの男性だった。黒い髪に青い瞳を持ち、繊細そうな雰囲気を醸し出している。

白いロンTに、下は黒いチノパンだろうか。ラフな格好だが、イケメンが着ているとオシャレに見えるから不思議だ。

先ほどの銀髪の青年よりは、話しかけやすそうに見えた。勇気を出して、声をかけてみる。

「あ、あの、ここは――？」

話しかけた瞬間、青年はぎょっとするどころではない驚き方をする。目を大きく見開き、肩を震わせたあと、石像のように動かなくなった。

またしても、存在感がないばかりに、驚かせてしまった。

「す、すみません。その――」

一歩前に踏み出した瞬間、引き戸をぴしゃりと閉められる。

拒絶されてしまったのだろうか？

そう思っていたら、「なにをやっているんだ！」という少年の声の怒号が聞こえた。

バン!!という音がした瞬間、引き戸が外れて倒れてくる。

一緒に外に身を投げ出されたのは、先ほどの青年だ。家の中には蹴り上げた姿勢の、金髪碧眼《へきがん》の美少年が見えた。

長いウサギ耳のパーカーに、今時珍しい短パンを合わせている。白い膝小僧が、大変まぶしかった。

ちょっと、情報量が多すぎて、なにが起こったのかわからなくなる。

美少年はにっこりと微笑みながら、問いかけてくる。

「あんた、幸代《さちよ》の孫だね？」

〝あんた〟と呼ばれたにもかかわらず、反論できない貫禄《かんろく》があった。見た目は少年なのに、しゃべり方はどこか大人びている。

コクコクと頷《うなず》くと、続けて問いかけてくる。

「〝忘れ物〟を、していないか？」

「え!?　な、なんのこと、ですか？」

「東京に」

忘れ物なんて、していないはずだ。スマホに財布、カード類に免許、保険証だって持ってきている。

「忘れ物は、ない、です」

「そう。まあ、いいか」

いったい、なんだったのか。首をかしげていたら、家の中へ手招いてくれた。

「おい、つごもり。倒れていないで、幸代の孫の荷物を運べ。おい、良夜《りょうや》、茶を用意しろ！」

良夜と呼びかけた先は、台所である。もしかして、銀髪赤目の青年に声をかけたのだろうか。

一方、黒髪の青年は起き上がり、恐る恐るといった感じで私の鞄へと手を伸ばした。

「あ、いえ、鞄は、大丈夫ですので」

「ちょっと！　あんたには、こっちにおいでって言ったんだ」

美少年の声には、従わなければならないなにかを感じる。

私はキャリーバッグを黒髪の青年に託し、小走りで玄関へと向かった。

「う……うわ」

家の中は、すっかり変わっていた。玄関にあった古びた下駄箱は撤去され、五十センチはあった上がり框《がまち》――段差はなくなっている。床板は寄せ木細工のような模様があり、温かい雰囲気を感じた。

ウォールナットのオシャレなカフェテーブルが並び、奥のほうには格子戸に囲まれた畳のスペースもある。天井から吊《つ》り下げられている照明は、月を模したものだろうか。数カ月前まで普通の民家だったのに、すっかり和風カフェと化していた。

「あの、ここは――」

「幸代が作ったんだ。孫である、あんたのためにね」

「私の……？」

「〝さぷらいず〟とかなんとか、言っていたな」

「サプライズって、お祖母《ばあ》ちゃん……！」

驚きすぎて、その場にしゃがみ込んでしまう。どうやら、サプライズをしてしまうのは血筋のようだ。

「座るんだったら、席にしてくれませんか？」

背後から聞こえた声にハッとなる。

振り返った先にいたのは、先ほど台所で見かけた、銀髪に赤い瞳を持つ青年だった。前掛けをかけ、手にはお茶がのった盆を持っている。

「奥の座敷で、事情を話そう」

美少年の提案に、頷くほかなかった。

目の前に、八歳くらいの金髪碧眼の美少年と、二十歳前後に見える銀髪赤目の青年、そして二十代半ばの黒髪青目の男性が並んで座る。皆、揃って美形だ。顔が、大変まぶしい。

「僕は、もちづき、こっちの黒髪でチワワみたいにびびりなのが、つごもり。その隣の、銀髪でおかんみたいなのが、良い夜と書いて良夜」

「チワワとおかん……！」

わりとひどい紹介であったが、ふたりの青年は抗議せずにおとなしくしていた。

「私は、この家に住んでいた山田幸代の孫である、山田花乃、です」

「花乃、ね」

もちづき君が、目を細める。やはり、彼に子どもっぽさは感じない。

目の前に、お茶と漬物が出される。「どうぞ」と勧められたので、お言葉に甘えて飲ませていただく。実を言えば、先ほどから喉がカラカラだったのだ。

熱々で、爽やかな渋みを感じる、おいしい緑茶だった。

ちらりと、キュウリとニンジンの漬物に視線を移す。

ぬか漬けだろうか。気になって口に入れてみた。パリパリと歯ごたえがあり、塩けがよく利いている。正真正銘、祖母のぬか漬けだったことに驚く。

「こ、このぬか漬け、どうして!?」

祖母が亡くなってから、だれも世話をしていなかったはずだ。それなのに、味はまるで変わらない。

「それは良夜が毎日せっせと、ぬか床を混ぜてくれたんだよ」

「良夜さん、が？」

「幸代さんに頼まれていたから、仕方なく、です」

「そう、だったのですね。ありがとうございます」

深々と頭を下げると、もちづき君が笑い出す。

「あの、なにが、おもしろいのでしょうか？」

「だってあんた、見ず知らずの者たちに、お礼を言うなんて、脳天気だなと思って」

指摘されて、ハッとなる。

なぜ、彼らがここにいて、カフェを開いているのかは、最大の疑問であった。ぬか床について、お礼を言っている場合ではない。

「あなたたちは、祖母の知り合い、なのでしょうか？」

「そうだね。僕とつごもり、良夜は、幸代の願いを叶《かな》えるために、ここにいる」

祖母は彼らを信用して家を任せた、ということでいいのだろうか？　まだ、いきなりすぎて話の半分も受け入れられないけれど……。

「花乃、一応聞いておくけれど、あんたは、なにをするためにここに来たんだい？」

「私は――祖母の、大切なものを守るために、来ました」

「遺産整理？」

「いいえ、ここにだれかが住み続けないと、家が取り壊される、という話を父から聞きまして」

「ああ、そういうことだったのか」

「あの、カフェのことは、父の許可は取っていないんですよね？」

「みたいだね。僕たちが契約を交わしたのは、幸代だ」

つごもりさんが、書類を持ってくる。そこには、祖母ともちづき君たちの間で交わされた契約が書かれていた。

内容はシンプルなものである。家に住む代わりに、この地を守るように、と。

他に、家にあるものを壊した場合、各自で修繕費を負担することや、解約条項と禁止事項、違約金についてもしっかり書かれている。

三回読んだが、祖母を騙《だま》すような内容は見つからない。まっとうな契約書である。

ただ、期限や契約主が死亡した場合についての記載はなかった。

「祖母は亡くなってしまったのですが」

「だったら、あんたが契約主になるといい」

「え？」

「幸代も話していたんだ。もしも、死んでしまったら、あとのことは跡取りに任せると。幸代の孫は、花乃だけだろう？」

「え、ええ。まあ……」

祖父は若くして、儚《はかな》くなった。そのため、父はひとりっ子だったのだ。

「だったら、その跡取りは花乃になる」

もちづき君は少年とは思えない、艶《あで》やかな笑みを浮かべる。ゾクッと、肌が粟立《あわだ》った。目が、逸らせなくなる。それが恐怖からなのか、はたまた別の感情からなのかは、わからない。

「花乃はここに住むんだろう？　ちょうどいいじゃないか。若い娘のひとり暮らしは物騒だし、男がいたら安心だろう？」

けれど、見知らぬ男性との共同生活は、かなり抵抗がある。お風呂上がりや寝起きを見られたくない。

もちづき君の提案に、戸惑ったのは私だけではなかった。つごもりさんは涙目になり、良夜さんは露骨に嫌そうな顔をしていた。

祖母と意気投合し暮らしていたのに、祖母がいなくなり、代わりに突然私という異分子が飛び込んできたら、嫌悪感を抱くのは普通のことだろう。

「少し、考えさせてください」

「いや、ダメだね。今、決めて」

「それは、ちょっと……」

立場的に私のほうが強いはずなのに、なぜもちづき君のほうがえらそうなのか。

私には出ていってほしいと望む権利が、あるはずだ。

けれど、彼らは祖母が亡くなったあとの家を、守ってくれていた。この、ぬか漬けだってそうだろう。良夜さんが毎日混ぜていなかったら、今頃はダメになっていた。

部屋は埃臭《ほこりくさ》さなどないし、先ほど一瞬見た台所もきれいだった。

祖母の家を丁重に扱ってくれている彼らを、無下に扱えるわけがない。

祖母が信頼して契約を結んだ相手だ。悪い人たちではないのだろう。先ほどの契約書だって、祖母が損をしないよう丁寧に優しく作られていた。

「さあ、花乃。どうする？」

「私は――」

答えは、ひとつしかない。私は、祖母の家を守るために、この地へやってきたのだから。

コクンと頷くと、もちづき君はそれを契約完了と見なしたようだ。

契約を交わしたあとで、ふと思う。彼らは、いったい何者なのかと。

つごもりさんと良夜さんは、もちづき君に仕えている、という雰囲気だった。

良夜さんはともかくとして、つごもりさんは名前なのか苗字なのか、よくわからない。というか三人とも、全名は名乗っていない。

もしかして、もちづき君はここの地主の息子とか？　だったら、大人ふたりが付き従っているのも、大人のような貫禄があるのも、納得できるけれど。

いつの間にか、外は太陽が沈みつつある。まだひんやりと寒いので、日没も早いのだろう。

「よかった、間に合って」

「間に合って？」

顔を上げた瞬間、もちづき君の目が金色に光った。

「えっ⁉」

もちづき君だけではない。つごもりさんと良夜さんの目も、光っている。

「なっ、ちょっ——⁉」

部屋の灯りが消え、薄暗くなる。鞄の中からスマホを探すが、こんなときに限って見つからない。

ウウウウ、という低い唸り声が聞こえた。まるで、狼《おおかみ》のような鳴き声である。

それに気付いた瞬間、全身に鳥肌が立った。

この辺りでは、その昔、夜になると狼が現れ、人を襲って血肉を啜《すす》っていたという伝承がある。今は絶滅した、ニホンオオカミだろう。

これ以上人を襲わないように、人々は山奥に神社と祭壇を作り、狼を主神として奉った。すると、不思議なことに、狼に襲われることはなくなったという。

毎年、祖母と山奥にある神社をお参りしていたが、去年の台風で神社のお社が吹き飛ばされてしまったと、父か祖母に聞いたような気がする。修繕できる場所にないため、今もそのままだとか。そんな話を聞いたのはいつだったか……。記憶が定かではないので、思い出せない。

もしや、奉られた狼様が恨みを持って、人を襲いにやってきたとか⁉

そう思った瞬間、パッと灯りがつく。

目の前に、大きな黒い獣《けもの》がいたので、悲鳴をあげてしまった。

「きゃあああああっ‼」

頭を抱えてしゃがみ込む。すると机の下に、白くもこもこした、ポメラニアンと日本スピッツのミックスみたいな小さく愛らしいワンちゃんがいて目が合った。

「あ、あれ？」

身を縮めていたが、先ほど見た黒い獣が襲ってくる気配もない。

それに一瞬、つごもりさんや良夜さんではない、見知らぬ成人男性の姿も見えたような？

「ねえ、花乃、いつまでそうしているの？」

聞こえてきたのは、低く艶《つや》のある男性の声。しゃべり方は、もちづき君そっくりである。

恐る恐る、顔を上げた。

すると、ジャーマンシェパードとグレートデーンのミックスみたいな大きな黒い犬と、金髪碧眼の和装姿の美青年が、私を見ていた。

青年は鈴のついた扇《おうぎ》を持っていて、ひらひらと扇《あお》ぐたびにシャンシャンという心地よい音が鳴り響く。初めて聞く、澄んだ鈴の音色だった。

目が合った瞬間、スッと細められる。それはやわらかな微笑みというより、悪事を思いついたときに見せるようなものだった。

「こ、これは、いったい――!?」

なぜ、このような妙な状況になっているのか。それとも、これは夢？

手の甲を思いっきりつねってみたが、普通に痛い。私が今見ているのは、紛れもなく現実なのだろう。

「見てのとおり、僕たちは、人ではない」

「あ、あの、どちら様ですか？」

「さっき紹介したでしょう。その耳は飾りなの？」

「えっと……その……」

だって、ありえないだろう。美少年だったもちづき君が、いきなり美青年になっていたなんて。もしや、黒い犬がつごもりさんで、白い犬が良夜さんなのか。

いやいや、漫画の世界ではあるまいし。

ここで、テーブルにタシッ!!と、もふもふの白い前足が添えられる。先ほどまでしゃがんでいた白い犬が、上体を起こして人間の言葉をしゃべったのだ。

『ここにおわす御方を、どなたと心得る!?　この地を守る土地神〝満月大神《もちづきのおおかみ》〟様であられますぞ!!』

白いわんこのかわいい顔で言われても、迫力もなにもないが、教えてもらった情報はスルーできない。

「満月大神って、山に奉られた狼の神様、ですか？」

「それは、大神を狼と言い換えた伝承だろうね。昔の人にとって、狼は脅威だったから。僕はもともと、この地にいたんだ」

「それは、古くからここを守っていた、ということですか？」

「自分ひとりしかいないのに、守るわけないじゃん。言葉のとおり、ただ存在していただけ。それなのに、この辺りを人間が勝手に開拓したものだから、大雨を降らせたり、日照りにして畑の作物を枯らしたりして追い出そうとしていたんだ。そうしたら、厄災扱いされて。でもある日、神様として奉り始めたから、仕方なく土地神になってやったのさ」

なるほど。それらの厄災を、狼にたとえたと。大雨や日照りは小さな子どもにはピンとこないが、狼に血肉を啜られると言われると恐ろしくなる。

もちづき君……ではなく、満月大神の話は大変わかりやすい。しかし、彼が本当の神である、というのは信じがたいものであった。

なんだか、夢のようと言うべきなのか。なにかの演劇を見ているような気分になる。一瞬部屋を暗くして、小さなもちづき君と入れ替わるのも可能だろう。

「でも、犬はしゃべらないだろう？」

「あ、そうですよね」

返事をして、ハッとなる。今、私、思っている内容を声に出していた？

「あんたの考えなんて、神である僕にはお見通しなのさ」

「ひえっ!!」

思わず、悲鳴をあげてしまった。神を名乗る彼が、私の脳内会議に参加していたから。しゃべらなくても、考えていることはすべてお見通しらしい。

「会議って、あんたひとりしかいないじゃん」

「た、たくさんいるんです。真面目な私と、不真面目な私と、楽観的な私、悲観的な私とか……いやいや、そうじゃなくて！」

　ありえない状況だ。私が小学生くらいだったら、瞳を輝かせて信じるだろうが、残念ながら、現在の私は酸いも甘いも噛《か》み分けるお年頃だ。すぐには受け入れられない。

「最近では、あんたと幸代だけだったよ」

「え？」

「山頂付近にある神社に、お参りに来てくれていたのは」

　満月大神を奉る神社は、この町の山にある。三時間ほど登らなければ、たどり着けない。

　祖母は年に四回、春夏秋冬にお参りしていた。私も小学生のときから、付き合っていたのだ。

「春はさくらんぼと桜まんじゅう、夏はスイカと水ようかん、秋はカキとお月見だんご、冬はリンゴにミカン大福と、いろんな果物とお菓子を持ってきてくれたな」

　それは、私と祖母しか知らない情報だ。

　けれど、祖母は隣近所に、「大神様のところに行ってくるよ」と伝えていたはず。

　その際に、持っていく果物やお菓子を伝えていてもおかしくはない。

『あなた、まだ満月大神を疑っているというのですか⁉』

白い犬が、グルグル唸りながら問いかける。別の場所から吹き替えているようには、とても見えない。はっきりと口元から、声が聞こえる。

ロボットでもないだろう。機械仕掛けでは、こんなになめらかな動きなんてできないはずだ。

「彼らは、僕の〝狛犬〟だ」

「狛犬……！」

それは、神様に仕える神使《しんし》である。

そういえば、神社には狛犬像があった。ぎょろりとしていて、牙が鋭く、大きかったので、小学生のときはほんのちょっぴり怖かった。

しかしながら、目の前にいる犬は狛犬にはとても見えない。狛犬といったら、獅子《しし》舞《まい》の獅子に似た姿形のはずだ。

「今の姿は、幸代が望んだ姿なんだ」

「え？」

「神や、神の使いである僕たちに、姿はない。だから、幸代が〝こうあってほしい〟と望んだ姿をとっている」

祖母は愛らしい小型犬も、カッコいい大型犬も大好きだった。そんな祖母の望んだ姿が、白い小型犬と黒い大型犬なのだろう。

そもそも神社にある狛犬も、人が勝手にイメージしたものだという。

魔除けの役割があるため、魔を拒む犬——拒魔《こま》犬とも呼ぶようになったのだとか。

「ちなみに、僕の昼間の姿は、君の父親の幼少期を生き写しにしたものだよ」

「そ、そうだったのですね……！」

父が美少年だったなんて、知りたくなかった。がっくりと、うな垂れてしまう。

「ちなみに、この姿は、幸代の夫の青年時代なんだ」

「お祖父《じい》ちゃんの……！」

祖母はことあるごとに、「お祖父さんは〝いけめん〟だったのよ！」と話していた。大の写真嫌いで、遺影すらない。祖母の記憶の中でのみ、語られる人だった。

「僕の姿は、月の満ち欠けによって変わる。今日は月齢二十五だから、人間でいうと二十五歳の姿なんだ。新月の日は、姿を現せなくなる」

口をぽかーんと開けたまま、話を聞いていた。

白い犬が、タアン！と小さい前足でテーブルを叩《たた》いて怒る。

『ここまで話しても、信じていないようですね。つごもり！　黙っていないで、あなたもなにか文句を言ってください』

『…………』

やはり、大型犬がつごもりさんらしい。つごもりさんは眉などないのに、眉尻を下げて困った顔をするように良夜さんを見つめていた。

『喧嘩腰《けんかごし》……よくない。相手が、萎縮……してしまう』

初めて聞いたつごもりさんの声は、落ち着いていて優しかった。

もう、ここまできたら、信じるしかないだろう。

それにしても、本当に驚いた。

しゃべる犬に、脳内会議を覗《のぞ》ける神様——彼らは、たぶん本物なのだろう。

「やっと信じた？」

「はい」

「幸代は、すぐに信じてくれたのに」

「お祖母ちゃんは、昔から不思議な現象が目に見えていたと言っていたので」

「ああ。幸代はよい巫女《みこ》だった」

「巫女……お祖母ちゃんは、巫女だったのですか？」

「そうだ」

神社にいるような巫女とは異なり、神より神通力《じんつうりき》が与えられるらしい。

「与えられるというのは、生まれつき力を持っているわけではなく、神様が巫女を選んで力を与える、という認識でよろしいでしょうか？」

「まあ、そうだね。たまに、生まれつき不思議な力を持つ人もいるけれど」

祖母は熱心に参拝していたことから、巫女に選ばれたようだ。土地神についてやたら詳しいと思っていたけれど、まさか巫女という立場だったなんて。

「巫女は、人は見えないものが見えたり、未来を予知したり、悪しきものを祓《はら》ったり。人と神を繋《つな》ぐ役割、と言えばわかりやすいのか」

「ちなみに、祖母はどのような力があったのですか？」

「幸代は、助けを求める人の、声なき声が聞こえた」

「声なき、声、ですか」

そういえば……と思い出す。

祖母を頼って、いろんな人が相談に来ていた。そのたびに果物や野菜をもらい、それらは町の祭壇に納められていた。

祖母はそれらを、神饌《しんせん》――神様にお供えする食べ物だと教えてくれた。

神饌は数日経つと、食卓に上がっていた。そのときだけ、神への感謝の気持ちを伝える祝詞が詠《よ》まれていたのだ。祖母がぶつぶつ唱えるだけだったので、内容は覚えていないけれど。

「巫女の声を聞き、神である僕が願いを叶える。さすれば、土地との繋がりが強くなって、さらにこの地は栄えることとなる。これが、神と巫女、それから人の関係さ」

巫女がいない土地は、あっという間に廃《すた》れてしまうらしい。ここの町も、祖母亡きあとは危機にあるという。

「あの、ちなみに、現在の巫女は？」

「あんたがすればいい」

「わ、私、ですか⁉　私なんかに、巫女が務まるのか……」

「幸代は十歳のときから巫女だった。十歳の少女にできるものを、あんたはできないと？」

「うう、で、でも……」

正直、自信がない。現状を受け入れるだけでも苦労している私に、巫女なんかできるものか。頭を抱え込んでしまう。

「おそらくこの町の人々は、困った事態となれば、あんたに相談に来るようになるだろう。神通力もなしに、解決できると思う？」

「そ、それは……」

もう、頭の中はパンク状態だ。情報量が、あまりにも多すぎる。

「意外と頑固だな。すぐに、流されるまま受け入れると思っていたが」

「すみません」

ひとつ、気になっていたことを質問してみた。

「あの、皆さんは、どうしてここでカフェを開いているのですか？」

「それは――幸代の願いを叶えるためだよ。まあ、それ以外にも、理由があるんだけれどね」

それ以外の理由と聞いて、すぐにピンとくる。

「もしかして、去年の台風で神社が崩壊してしまったことと、関係があるのでしょうか？」

「そうだね。この町の新しい地主は、神社を建て直さない方針でいる。幸代がいくら神社が必要だと訴えても、聞く耳を持たなかったんだ。正直、愚かな地主に腹が立った。再び、怒りが厄災になりそうにもなった。けれど、幸代が時間をかけて僕の怒りを静め、神社の代わりにこのカフェで、人々が愚かかどうか、今一度見てほしいと言ったんだ」

祖母はこのカフェに訪れる人々に、「困った事態になれば満月大神様が助けてくれる、信じなさい」と説いていたらしい。

「幸代の顔を立てるために、気まぐれで、人々の願いを叶えたんだ」

それでも、人々は信仰心を取り戻さなかったようだ。

「厄災が科学的に分析されるようになり、人々は神の存在を信じなくなった。だから、神社が放置されるのも、無理な話ではない」

人は勝手だ。信仰を忘れ、ずっと自分たちの力だけで暮らしてきたと思い込んでいる。長きにわたってこの地を守ってくれた神様に対する、冒涜《ぼうとく》だろう。

「人は神に期待しない、だから僕たちも、人に期待するのは止めたんだ。神社も、自分たちの力で修繕したい」

そのために狛犬カフェを手伝い、売り上げを神社の修繕費に充てているのだとか。

驚いた。神様が自ら、商売をしているなんて。

「幸代はすぐに賛同してくれたよ。少ない貯金も、神社の修繕に使ってくれと、寄付してくれた」

「私は――」

どうすればいいのか。祖母のように、柔軟な考えはこれっぽっちも持っていない。

ぎゅっと、こぶしを握る。考えれば考えるほど、答えは出てこなかった。

そんな私に、満月大神は寛大な態度を見せてくれる。

「いいよ。あんたは、幸代と違って臆病で、弱っちくて、意志も弱い。この場で決めることはできないだろうから、明日の晩まで待ってやる」

満月大神は扇をパチンと閉じた。鈴の音が、シャンと鳴る。

パチパチと瞬きしている間に、満月大神の姿はなくなった。つごもりさんと良夜さんは、回れ右をしてどこかへ駆けていく。

ひとり残された私は、たくさんの疑問符《はてな》を頭上に浮かべたのだった。

◇◇◇

コーケコッコー！という元気な鶏の鳴き声で目を覚ます。

いつもの、見慣れた祖母の家の天井が見えた。

小学生の頃、壁にあるシミが怖くて、何度も祖母の布団に潜り込んだのを思い出す。今見れば、なんてことのないただのシミだ。こんなものを怖がっていたなんて……。

窓からやわらかな日差しが差し込んでいる。カーテンも閉めずに、眠ってしまったようだ。明るさからして、まだ日が昇ってさほど時間が経っていないだろう。

昨晩はコンビニのおにぎりとお茶で夕食を済ませたからか、お腹がぐーっと鳴った。すぐに起き上がる元気はない。何度か寝返りを打ってから、仕方がないとばかりに起き上がる。

田舎の春は、肌寒い。そのため、長袖のブラウスにカーディガンを羽織り、細身のスキニーパンツを合わせた。髪は三つ編みにして、後頭部でまとめておく。

障子を開いて廊下に出た。人の気配は一切ない。

昨晩のことは、たぶん疲れて見た夢だったのだろう。だって、神様がお祖父ちゃんの若いときの姿で現れて、美青年が小型犬と大型犬になるなんて嘘みたい。

お祖母ちゃんが作った和風カフェを神社代わりにしていて、人々の願いを叶えるというのも漫画みたいな話だ。

おまけに、私が巫女に選ばれるなんて。

洗面所で顔を洗う。この辺りの水は驚くほど冷たい。はっきり目が覚めた。歯を磨いたら、気分もスッキリした。

まず行うのは、朝食作りだ。祖母も「朝ご飯は一日の中でもっとも重要なものだよ。元気の源になるんだ」と話していた。しっかり食べて、働かなくては。

長い間放置していた冷蔵庫の中身は、期待できないだろう。お米はたぶんある。それと、畑から菜っ葉を拝借して、味噌《みそ》汁を作りたい。

そういえば、裏庭の小屋で飼育している鶏は元気にしているのだろうか。さっき、鳴き声は聞こえたけれど。

もしも卵があったら、卵焼きも食べたい。祖母直伝のだし巻き卵は、絶品なのだ。

考え事をしつつ台所に向かい、祖母お手製ののれんをくぐる。すると、背が高い黒髪の男性がいてびっくりした。

「うわあっ！」

私が悲鳴をあげるより先に、相手が声をあげる。「おはようございます」と声をかけたら、丁寧な会釈を返してくれた。

「えっと、つごもりさん？」

呼びかけるとこわごわ、といった感じでコクリと頷く。どうやら、昨晩見聞きしたのは、夢ではなかったようだ。

昨日は黒い大型犬の姿を取っていた彼だが、今は見目麗しい青年の姿をしている。髪は跳ね、トレーナーにズボンという、今の今まで寝ていました、という格好だった。その手には、コーンフレークの箱が握られている。

調理台の上に、四人分のお皿が並べられていた。もしかして、朝食の用意をしているのか。

ふと、冷蔵庫を見たら、〝今月の食事当番〟と書かれた紙が貼られている。

どうやらつごもりさんと良夜さんは、一週間交替で食事を作っているらしい。

「えっと、もしかして、コーンフレークが朝食、なのですか？」

つごもりさんは、コクコクと頷く。

コーンフレークは栄養機能食品として、かなり優秀だ。ただ、個人的に、お腹が空きやすい。朝はしっかり、ご飯を食べたい。

米びつには、まだ米があった。ならばと、提案する。

「あの、私が朝食を作ってもいいでしょうか？」

その瞬間、つごもりさんの青い瞳がキラリと輝いた気がした。

「……いいの?」

「はい。ご飯を炊いて、お味噌汁を作りますね」

まずは、ご飯を炊いておいたほうがいいだろう。五合あれば、夜まで保つだろうか。

考え事をしつつお米を研いでいたら、つごもりさんが背後にまだいたので驚いてしまった。

「あの、食事の準備ができたら、呼びますので」

「……お手伝い、する」

「あ、ああ! そういうことでしたか!」

なんと、つごもりさんは朝食作りの手伝いをするため、台所に残っていたらしい。

「でしたら——あ、鶏! 鶏って、元気にしていますか?」

妙な質問だったが、つごもりさんは無表情のままコクリと頷いて言った。「元気」だと。

「だったら、卵を持ってきてくれますか?」

「わかった」

音も気配もなく、勝手口から外に出ていった。その間に、味噌汁の準備をする。

まず、棚からカタクチイワシの煮干しを取り出す。

祖母は前日から煮干しを水に浸けた出汁《だし》で味噌汁を作っていた。水から作ったお出汁は、品のある味わいになる。ひと工夫するだけで、驚くほどおいしく仕上がるのだ。

今日はないので、煮込んで出汁を作る。

煮干しの頭とワタを取り除き、火にかける。沸騰したらアクを取り、ほんのり色づいたら完成だ。

もうひとつの鍋に、だし巻き卵用の出汁を作る。こちらは、コンブとカツオ出汁だ。ぐつぐつと沸騰させる。

十分後、つごもりさんが戻ってきた。髪の毛や服に鶏の羽根が付着している。加えて、心なしか疲れているようにも見えた。

「あの、大丈夫ですか？」

「鶏、暴れた」

「大丈夫ではなかったみたいですね」

そういえば、新しく引き取った雌鶏《めんどり》の気性が荒いと、祖母が電話で話していたような。先に話しておけばよかった。

つごもりさんはトレーナーをカンガルーの袋のようにして、四つの卵を運んできてくれたようだ。ありがたく、受け取った。

冷凍庫にアジの干物があったので、それもいただく。

つごもりさんはまだお手伝いをしてくれるようなので、一緒に庭にある家庭菜園に菜っ葉を取りに向かった。

祖母自慢の家庭菜園も、雑草が抜かれている。きちんと、世話をしてくれているようだ。

現在、春野菜がみずみずしく実っていた。

ルーコラにからし菜、クレソンにあした葉、キャベツなどなど。

ここはやはり、春キャベツ一択だろう。キャベツの葉に張りがあって、ぎゅっと結球されているようなら食べどきだ。

つごもりさんが「採る！」という意志のある視線を向けたので、握っていた包丁を差し出した。すると、ぎょっとされる。

「あ、ごめんなさい。つい、そのまま持ってきてしまって」

包丁片手に庭に出るのは、よく祖母がしていた。私も最初に見たときは、驚いたものだ。

こわごわと包丁を受け取ったつごもりさんに、キャベツの収穫方法を伝授する。

「キャベツを少し押して、底にある茎を包丁で切るんです」

言われたとおり、つごもりさんはキャベツの茎をカットし、収穫してくれた。

初めて、キャベツを採ったのだろうか。相変わらず無表情なのだけれど、少しだけうれしそうに見えた。

「つごもりさん、ありがとうございました。あとは、ひとりでちゃっちゃと作りますので」

そう言うと、つごもりさんは深々と頭を下げる。台所に戻り、調理台に置きっぱなしだったコーンフレーク用のお皿を、慎重な手つきで棚に戻してくれた。

あのお皿は確か、祖母が祖父からもらったという、年季が入った有田焼《ありたやき》である。大事にしていた品だと知っていて、丁寧に扱ってくれるのだろうか。だとしたらうれしい。言葉数は少ないものの、つごもりさんはとても優しい青年のようだ。

いや、正確には青年ではなく、狛犬なのだけれど。

と、若者(?)の姿に感激している場合ではなかった。調理を進めなければ。

アジの干物が焼けたので、お皿に移す。

春キャベツは、味噌汁用の出汁で芯のほうから煮込む。ふだんは鶏の餌《えさ》になるが、春キャベツだけは別だ。芯までやわらかく、ほんのり甘みがあるのだ。

煮込んでいる間に、だし巻き卵を作る。まず、出汁にみりんと薄口醤油《しょうゆ》を加えて混ぜておく。ほんのちょっぴり砂糖を加えるのがポイントだ。これを、溶いた卵に加えて、焦げないように焼くのだ。

卵焼き器にサラダ油を広げ、火にかけた。菜箸に卵をつけ、熱した卵焼き器につける。ふつふつと焼けるようだったら、しっかり温まっている証拠だ。

卵を流し、半熟の状態でくるくる巻く。端に寄せたら、再び卵を注ぐ。これを何回も繰り返したのちに、だし巻き卵は焼き上がる。

それから、まな板の上にだし巻き卵をのせて、巻きすを使って形を整えた。あとは、カットをしたら完成だ。これも、お皿に盛り付ける。

そろそろ、キャベツの芯が煮えた頃だろう。やわらかな葉の部分を加えて、ひと煮立ち。最後に、味噌を溶き入れ、沸騰する前に火を消す。ネギを散らしたら、味噌汁もできあがりだ。

ぬか漬けは、私が東京から持ってきていたものを使おう。キュウリを発掘し、きれいに洗ったあと、ひと口大にカットする。

タイミングよく、ご飯が炊けたと知らせるアラームが鳴り響く。炊飯器の蓋《ふた》を開くと、白米がピカピカに光り輝いていた。我ながら、とてもおいしそうに炊けた。

お盆に、茶碗《ちゃわん》によそったご飯とだし巻き卵、ぬか漬けをのせて、居間に運ぶ。

両手がふさがっているので、足でふすまを開けてしまった。すると、美少年の姿に戻っている満月大神に笑われた。

「それ、幸代もしていた」

祖母の真似をしたつもりはないのだが……。それに祖母はいつも、廊下にお盆を置いてから、ふすまを開けていたような気がしたけれど。

「すみません、だれもいないと思って」

「言い訳も一緒だ」

まさか、同じ言い訳をしていたなんて。これも、血筋なのだろう。

「えっと、その、満月大神様、おはようございます」

「この姿のときは、もちづきでいい。様付けもいらない」

神様なのに、気安い態度で接しなければいけないらしい。冷や汗をかいている私に、

「いいから言うとおりにしろ」と命令する。

「で、では、もちづき君と呼ばせていただいても、よろしいでしょうか？」

「特別に許してやる」

ホッと胸を撫《な》で下ろす。

居間は、祖母の生前と同じ姿を保っていた。古いちゃぶ台に、私がプレゼントした液晶テレビ、それから、茶菓子に茶葉、湯呑《ゆの》みが入っている棚など。

驚くほど、いつもの祖母の家である。

けれど、祖母だけいない。その事実に、胸がぎゅっと苦しくなる。

と、切なくなっているところに、声が聞こえてきた。

「良夜、早く、ご飯、食べよう」

「あーもう、わかったから、引っ張らないでくださいよ……」

やってきたのは、良夜さんとつごもりさんだ。

良夜さんはほとんど目が開いていない。しかも、クマの絵柄のパジャマ姿で現れた。

明らかに寝起きだろうし、きっとまだきちんと目覚めていない。

狛犬なのに、低血圧なのか。昨日は完全無欠という雰囲気だったので、意外だ。あと、クマ柄のパジャマ姿がかわいすぎる。

「あの、良夜さん、おはようございます」

「おはようございます」

「今、お味噌汁と焼き魚を持ってくるので、待っていてくださいね」

つごもりさんも一緒についてきて、味噌汁を運んでくれた。熱々のお茶を淹れたら、朝食の準備が整う。

「花乃。これ、あんたが作ったのか？」

「はい。お口に合えばよいのですが」

手と手を合わせて、いただきます。

まずは、お味噌汁をひと口。思わず「ああ……！」と声が出てしまった。

やはり、祖母特製のお味噌はおいしい。作ったのは私だけれど、きちんと祖母の味噌汁の味がする。

そう思ったのは、私だけではなかったようだ。

「これ、幸代が作った味噌汁みたいだ！」

もちづき君は、驚いた表情を浮かべていた。

「祖母のお味噌を使ったので、同じ味になるのかと」

「いいや、違う。良夜が使っても、この味にはならなかった！　どうしてなんだ？」

「出汁の違い、ですかね？」

「出汁？」

「ええ。カタクチイワシの煮干しの頭とワタを取ってから、出汁を取るんです」

「なぜ、頭とワタを取る？」

「そうしなければ雑味が出て、本来のお味噌の味わいを邪魔すると、教えてもらったことがあります」

良夜さんは味噌汁のお椀を覗き込みながら、悔しそうにしている。クマ柄のパジャマ姿では、かわいいなという感想しか抱かなかったが。

「お、おい！　つごもり、良夜、このだし巻き卵も、幸代の味だ！」

「おいしい……」

「ほ、本当ですね！」

なんというか、祖母は神様と神使の胃袋を、しっかり掴んでいたようだ。三人はどんどんパクパク食べてくれる。非常に気持ちがいい。

おかわりの連続で、五合炊いた炊飯器の中身は空と化してしまった。

恐るべし、男子の食欲。

「僕らは、幸代の味に飢えていたんだ」

「どれだけ頑張っても、料理の再現は難しかったんです」

確かに、祖母の料理はどれもおいしかった。下ごしらえから丁寧に作られていたからだろう。

東京でバタバタと忙しい毎日を過ごす中では、なかなか料理まで気が回らなかった。祖母の料理を通して、本来の私を少しだけ取り戻したような気がする。

「どれも、おいしかった。ごちそうさま」

もちづき君がぶっきらぼうに言うと、つごもりさんと良夜さんも続けて「ごちそうさま」と言ってくれた。なんだか胸が温かくなる。

この瞬間に、ハッと気付いた。これこそが、きちんとした〝好意〟の形なのだろう。

彼らは、祖母の愛したものを大事にしてくれていた。そのお礼を、したい。

この地には他にも、祖母の味を求めている人がいるのかもしれない。だったら、巫女として、和風カフェで働いてもいいのではないか？

急に、祖母の言葉が、よみがえる。

――あなたの人生は、あなたのものなんだよ。だから、楽しく、好きにお生きなさいな。

祖母が、私の背中を押してくれるような気がした。

「あ、あの」

「ん？」

「私、ここで、暮らしたいです。カフェで働いて、祖母の味を、たくさんの方々に、味わっていただきたいなと、思います」

もちづき君は、スッと目を細めた。

つごもりさんは、やわらかく微笑んでくれる。

良夜さんは、仕方がないとばかりに、腕を組んでいた。

昨晩と違って、態度がやわらかくなっているような？

「わかった。花乃、あんたを、巫女として、神通力を授ける」

もちづき君が差し出した手を、握り返した。すると、手のひらが光り、パチンと音が鳴る。

なんと、驚いたことに、手のひらに満月の形が浮かんだ。これは満月大神の巫女の証《あかし》だという。

同時に、体がじわじわと温かくなる。

これが、満月大神から授けられし、神通力なのか。

目に見えないものが見えたり、聞こえないものが聞こえたりと、不思議な現象は起きないけれど。

「神通力は巫女によって異なる。花乃は花乃だけの、能力があるはずだ」

「私だけの……!」

いったい、どんな能力があるのか。それは、もちづき君にもわからないらしい。今後のお楽しみというわけだ。なんだか、楽しみである。

なにはともあれ、私がやりたいことの方針が固まった。

窓の外を見てみたら、庭にある桜の花に目が留まる。

強い風が吹き、枝が揺れた。

花びらが、舞う。

私の涙雨は、桜の花びらとなった。

もう、大丈夫だろう。私は、ひとりではないから。

第二章　狛犬カフェ、オープンします

ひとまず、祖母の遺品整理をすることにした。良夜さんが手伝ってくれるようだ。

「お手数おかけします」

「別に、あなたのためではありません。幸代の部屋を、荒らされたくないだけです」

「そうでしたか」

ツンツンとした態度を取っている良夜さんだが、先ほどパジャマ姿を見てしまったからか、そこまで怖いとは思わなくなった。クマ柄のパジャマに感謝だ。

しかし、あのクマの絵柄は妙に覚えがある。そういえば二年前、祖母と買い物に出かけたとき、裁縫店で似たような布を買っていたような。

「あの、良夜さん。もしかして、クマ柄のパジャマは祖母の手作りですか?」

「そうですよ」

やはり、そうだったのだ。なんでも、もちづき君にはウサギ柄、つごもりさんにはワニ柄のパジャマを作ったらしい。

さすが、手先の器用な祖母だ。チョイスする布の柄もセンスがいい。

「もしかして、昨日もちづき君が着ていたウサギ耳のパーカーも、お祖母ちゃんの手作りなんでしょうか?」

「そうですが——口ばかり動かしていないで、手も動かしてください」

「す、すみません」

遺品整理を開始する。

断捨離が趣味だった祖母の押し入れには、ほとんど物がなかったが、寄せ木細工の美しい木箱の中に、数冊のアルバムと私が贈った手紙や贈り物が詰められていた。

「これは――！」

「幸代の息子ですね」

「え、ええ」

アルバムの一冊には、父の幼少期の姿が収められていた。本当に、もちづき君そっくりだった。現在の父は眉間に皺《しわ》ばかり寄っている気難しい中年親父だが、かわいい少年時代が確かにあったのだ。

木箱の中には一冊だけ、本が入っていた。ゲーテの詩集である。まさか、祖母にゲーテを嗜《たしな》む趣味があったとは意外だ。

パラパラとページをめくっていたら、古びた一枚の写真も出てきた。そこに写っている男性が、よくよく見たら、つごもりさんそっくりだったので驚く。

「それは、幸代の初恋の人ですよ。病弱で、長く入院していたようですが、志半ばで帰らぬ人となってしまったようで」

「は、はあ……」

初恋の男性をもう一度目にしたい――その希望を叶えたのが、現在のつごもりさんの姿らしい。

「幸代は毎日毎日、飽きもせずにつごもりの顔をうっとり眺めていましたよ」

初恋の人は物静かなつごもりさんと違い、明るいけれどいじわるな一面もある青年だったそうだ。

「幸代は、初恋の彼の顔が、猛烈に好きだった、と思い出を語っていました」

そうなのだ。祖母は大変な面食いで、イケメンアイドルにハマっているという話を聞いた覚えがある。

「ちなみに、良夜さんは……？」

恐る恐る質問してみる。

もちづき君は父の幼少期。満月大神は祖父の姿。つごもりさんは初恋の人。他に、祖母の愛する男がいたというのか。

祖父が亡くなったのは、祖母が二十歳のときだったと聞いていた。それから、恋のひとつやふたつしていても、なんら不思議ではないが……。

ただ、銀髪に赤目の人とは、いったい何関係の人なのだろうか。漫画のキャラクターとか？

「私は最近幸代が熱を上げていた、韓流スターから姿を拝借したものです」

「ああ、韓流スター！」

言われてみたら、良夜さんは背が高くて、細身でシュッとしている。確かに韓流スターっぽい。ふたりとも、雰囲気が異なるわけだ。

雰囲気が異なるといえば、名前もそうだ。つごもりさんはどこか古めかしくて、良夜さんは現代風だ。

聞いてみたところ、ふたりの神使の誕生は、神社に作られた神使像がきっかけだったらしい。

つごもりさんの神使像が神社に作られたのは、鎌倉時代。月が隠れて見えなくなる、月隠《つきごも》りの晩に奉納されたので、〝つごもり〟と名付けられたのだとか。

一方で、良夜さんは、今から二百年前の江戸時代、中秋の名月の、月明かりがまぶしい晩に奉納されたために、月が明るくて良い夜という意味の〝良夜〟と命名されたようだ。

共に、名付け親は満月大神である。

「満月の名を冠する神様なので、月にちなんだお名前なのですね」

「ええ」

と、しゃべりながら整理をしているうちに、遺品整理は終わった。というか、整理はされていて、捨てるものは一切なく、祖母との思い出を語る時間になってしまった。

「あの、良夜さん、ありがとうございました」

「なんですか、急に」

「気持ちに、整理がついたんです」

祖母が亡くなってから一カ月――ずっと、私の心は沈んだままだった。

けれど、祖母が生きた歴史がこの家にあって、祖母を大事に思ってくれる存在がいて、皆の心の中で祖母は生きている。

人の死によって受けた心の傷は、永遠に癒《い》えることはないだろう。だからといって、ずっと悲しんでいるわけにはいかない。

心の傷と向き合い、うまく付き合っていく。それが、私にできることなのだろう。

祖母が、初恋の人や祖父の死を乗り越え、明るく強く生きたように、私もそうでありたい。

話が途切れたタイミングで、ふすまが開かれる。キャベツを片手に持ったつごもりさんだった。

「あ、あれ、どうしたんですか？」

「お昼……」

「あ、もう、十二時なのですね」

お昼を知らせる消防署のサイレンにも気付かないほど、作業に集中していたようだ。

「つごもり、なんでキャベツを持っているのですか？」

「収穫、できた」

少し誇らしげに、キャベツを見せてくれた。なんだろうか、この、ボールを投げられて拾ってきた犬が、ご主人に褒めてもらおうとするような雰囲気は。

じっと私に視線を向けてくるので、褒めておく。

「ひとりで採れたのですね！　えらいです」

そう言うと、つごもりさんは淡く微笑んだ。犬の姿だったら、「よーしよしよし」と言って撫でただろうが、今は成人男性の姿である。伸びそうになった手は、ぎゅっと握りしめた。

「えっと、では、この春キャベツで、なにか作りましょうか」

と、宣言したのはいいものの、なにを作れるだろうか。そういえば、今朝五合炊いたご飯は、すべて食べ尽くしてしまった。男子の食欲を舐《な》めていたのだ。

つごもりさんが、キャベツを持って台所までついてくる。ボール遊びをしてほしい、犬みたいだ。キャベツなので、「取ってこーい！」と投げるわけにはいかないけれど。

台所の棚を探っていたら、スパゲッティを発見した。

「春キャベツのパスタにしましょうか！」

提案すると、つごもりさんはうれしそうにコクリと頷いた。ここでも、「そうかそうか、パスタがうれしいか！」とよしよししたくなるが、ぐっと我慢した。

春キャベツのパスタ――私はアンチョビを混ぜて作るのが好きだ。けれど、祖母の家にアンチョビの缶詰などあるわけがなく。代わりに、乾燥させた桜エビを発見した。他にタマネギ、にんにく、鷹《たか》の爪、オリーブオイルを用意する。

まず、スパゲッティを茹《ゆ》でる。底が深い鍋に水を注ぎ、塩をひとつまみ振って入れた。沸騰したら、パスタを入れるようにとつごもりさんにお願いしておく。

その間に、具材を作る。フライパンにオリーブオイル、ニンニク、鷹の爪を入れて、弱火で炒めた。そこに、ザク切りにしたキャベツと薄切りしたタマネギを加える。火が通ったら、桜エビをパラパラと振りかけた。ここでほんのちょっと、パスタのゆで汁を垂らしておく。

最後に塩と醤油を入れて味を調え、茹で上がったパスタを入れた。しっかり混ぜたら、〝春キャベツのパスタ〟の完成だ。

お皿に盛り付け、トッピングとして桜エビを振りかける。我ながら、おいしそうに仕上がった。

つごもりさんと一緒に居間に運ぶ。まずは、もちづき君の前に置いた。

「へー、パスタか」

まさか、祖母の家にパスタがあるとは思っていなかった。今まで、洋食を作ってもらった覚えはないから。

「もしかして、皆さんのために、パスタを買っていたのでしょうか？」

「いいえ、これは近所の人からもらったものです」

ご近所トラブルを解決したお礼に受け取っていたらしい。神饌としてお供えしていたものの、調理法に困って放置されていたのだとか。

「ということは、このパスタは神様から下げ渡された、神聖なパスタなのですね」

「そういうことです」

というわけで、「いただきます」と言うだけではなく、食前の和歌を詠まなければならないようだ。良夜さんが口にした言葉を、そのまま繰り返すだけでいいらしい。

まずは、一礼一拍手。それから、和歌を詠む。

「――たなつもの　百《もも》の木草《きぐさ》も　天照《あまてら》す　日の大神のめぐみえてこそ――」

「あっ、ちょっと待ってください。思っていた以上に長っ……！」

良夜さんに、ジロリとにらまれてしまった。面目なく思う。

つごもりさんが棚の中からメモと鉛筆を取り出し、サラサラと書いてくれた。

いただきますだけでなく、ごちそうさまにあたる和歌もあった。なんて優しい人なのか。思わず、手を合わせて拝んでしまった。

「いただきますのときに詠むのは、〝この世のすべての恵みは、天照大御神《あまてらすおおみかみ》のご加護のおかげです〟という意味の和歌。ごちそうさまのときに詠むのは、〝食事のたびに、神様に感謝しよう〟という意味の和歌」

「な、なるほど。ありがとうございます」

メモを見ながら読めば、大丈夫だろう。

良夜さんは渋々といった感じで、二回目の和歌を詠む。最初と同じく、一礼一拍手をした。

「――たなつもの　百の木草も　天照す　日の大神のめぐみえてこそ――」

全員が息を合わせ、和歌を詠む。

「――たなつもの　百の木草も　天照す　日の大神のめぐみえてこそ――」

神饌を調理し、食べることを〝直会《なおらい》〟と呼ぶらしい。神と人が同じ食べ物を口にすることによって、縁を深める上に守護の力を高めるのだとか。

「では、心して食べろ」

尊大なもちづき君の言葉のあと、「いただきます」と口にして春キャベツのパスタをいただく。

フォークにパスタを巻きつけて、パクリとひと口。シャキシャキとした春キャベツの甘さと、サクサクの桜エビの香ばしさが口いっぱいに広がる。

皆、パクパク食べてくれた。感想を聞かずとも、どうだったかは一目でわかる。

暖かな日差しが差し込む中で、春の味覚を存分に味わった。

全員が食べ終えると、今度はつごもりさんが、ごちそうさまの和歌を詠む。

「――朝よひに　物くふごとに　とようけの　かみのめぐみを　おもへよのひと」

同じ言葉を復唱する。

食後のお茶を飲んでほっこりしたところで、今度は『和風カフェ・狛犬』について質問してみた。

「えっと、お店は今、営業しているのですよね？」

「まあ、一応ね」

なんでも、今日までプレオープンを続けていたらしい。

「営業時間や定休日は特に定めず、幸代の気が向くままに営業していました」

「そうだったのですね」

メニューはお茶と季節のお菓子のみ。祖母の気まぐれで、さまざまな甘味を出していたようだ。

「幸代が亡くなってからは、お茶とぬか漬けだけで営業していました」

それでも、イケメン店員を目当てに、毎日数名の客が訪れていたようだ。

「やはり、カフェには甘い物が必要です」

良夜さんが真剣な表情で断言する。

「春だったら、桜まんじゅうでしょうか？」

祖母が毎年作ってくれた、薄紅色のまんじゅうに桜の塩漬けを添えたお菓子だ。中には、甘く炊かれた粒あんが詰まっていた。

「それは、作れるのですか?」

「はい。毎年お手伝いをしていたので」

「では花乃。桜まんじゅうを作ってくれ」

「わかりました」

去年、祖母が漬けていた桜の塩漬けがあるはずだ。毎年、庭の桜で作っているのだ。

棚を探ると、予想どおり、桜の塩漬けが入った瓶を発見する。

冷凍庫に、作り置きのあんこもあった。祖母は私が突然やってきて「食べたい」と言ってもいいように、こうしてあんこのストックを作ってくれていたのだ。

日付が、書いてある。亡くなる三日前に作ったようだった。

胸が、ぎゅっと締めつけられる。

有給なんてたくさんあったのに……。最後に会ったのは半年前だ。年末年始ですら、初売り用のお菓子を作るために職場にいた。

電話をするだけではなくて、もっと遊びに行けばよかった。そして、台所でふたり並んで、お菓子作りをしたかった。

今さら、悔やんでも遅い。

「お祖母ちゃん、使わせてもらいます」

ここで、台所につごもりさんと良夜さんがやってきた。ふたりとも、和装姿である。

つごもりさんは、ねずみ色の半着《はんぎ》に萌葱色《もえぎ》の袴《はかま》を合わせた、大人でシックな着こなしである。

良夜さんは、若草色の半着に灰白色《かいはくしょく》の袴を合わせている。色白なので、明るい組み合わせがよく似合っていた。

共に、邪魔にならないよう襷《たすき》で袖を結び、腰には獅子に似た狛犬の絵が描かれた狛犬カフェの前掛けをしていた。

なんというか背筋がピンと伸びた青年の和装姿は、大変美しい。こんな店員がいるお店があったら、毎日通ってしまうだろう。

祖母がかつて愛していた人々に、心の中で感謝をしてしまう。

「これは、幸代がかけていたエプロンです」

良夜さんからエプロンを受け取る。ふたりの前掛けと同じように、狛犬の絵がプリントされたものだった。ありがたく、使わせていただく。

「よし！　では、作りますか」

久しぶりに、桜まんじゅう作りを始める。

最後に祖母と作ったのはいつだったか……。おそらく、高校二年生の春休みだろう。

翌年は塾に通っていたので、遊びに来られなかったのだ。

　年齢が上がるにつれて、休日に祖母の家で過ごすことも少なくなった。それでも、夏休み夏休みや冬休みには毎年顔を出していたが、パティシエールとなってからは、夏休みという概念はなかった。人々が休んでいる期間はかき入れどきのため、長く休めなかった。

　と、祖母との思い出について考えていたらキリがない。桜まんじゅう作りに集中しなければ。

「まず、桜の塩漬けの塩抜きをします」

　水の量と浸けておく時間をつごもりさんに伝えておく。

「良夜さんは、あんこの解凍をお願いします。あんこが緩いようでしたら、鍋で水分を飛ばしてください」

「わかりました」

　ふたりがせっせと作業している間、私は生地作りを行う。

　ボウルに薄力粉、ベーキングパウダー、砂糖、水を入れて、なめらかになるまで混ぜる。生地がまとまってきたら、桜の花を粉末化させた桜パウダーを加えて捏《こ》ねた。

　ふと、東京で桜まんじゅうを見かけ、買った日の記憶がよみがえる。喜んで頑張ったのだが、桜の風味がまったくしなくて驚いたのだ。

原材料を見てみたら、まんじゅうの色づけが桜パウダーではなく、食紅だった。桜の風味がしないわけである。

そんなわけで、桜まんじゅうに使う桜パウダーは、重要なものなのだ。

桜色に色づいた生地を、しばし休ませる。

つごもりさんは塩抜きした桜の塩漬けを丁寧に並べ、良夜さんはあんこをひと口大に丸めてくれていた。きっと、彼らは祖母の手伝いをしていたのだろう。できる狛犬たちだ。

「そういえば、カフェはつごもりさんと良夜さんが担当しているのですよね？」

「ええ、そうですよ」

「もちづき君は、いったいなにを？」

つごもりさんは顔色を青くし、良夜さんは明後日の方向を見る。聞いてはいけない話だったのか。

「――漫画を読んで、テレビを見て、一日中ぐうたらしているだけだけど、なにか？」

もちづき君がひょっこりと、台所に顔を覗かせた。

「なんだ、まだまんじゅう、できていないんだ」

「あと少しですね」

「ふーん」

それはそうと、神様は働かないらしい。それが、お決まりなのだとか。

「あの、漫画というのは？」

「あんたの父親のコレクションだよ。古いものばかりだけれど、なかなかおもしろいね。それから、幸代のコレクションも興味深い」

「お祖母ちゃんのコレクション、ですか？」

「うん。韓流ドラマ。どろどろした人間の感情が、よく表現できている」

そういえば、祖母の誕生日プレゼントに何回か韓流ドラマのＤＶＤボックスを買ってあげたような。まさか、神様が漫画やドラマを見ているなんて。

「良夜、おやつは？」

「こちらに」

良夜さんが開いた棚には、スナック菓子の袋が大量に詰め込まれていた。カップ麺も山のように積まれている。

「こ、これは……!?」

「幸代が教えてくれたんだ。体に悪いから、一週間に一度だけ食べていいってさ」

私が子どものときは、スナック菓子なんて一度も出さなかったのに。いったい、どういう心境の変化だろうか。

「幸代も、昔のように体が動かなかったんじゃない？」

「ああ、なるほど……っていうか、自然に私の考えていることと会話しましたね？」

「わざわざ聞き返すのも、まどろっこしいだろうが」

そう言って、もちづき君は〝ジャガイモチップス・バーベキュー味〟と書かれたスナック菓子の袋を手に取る。続いて、冷蔵庫からオレンジ風味の炭酸飲料を出していた。おまけに、銀紙に包まれた板チョコもポケットに詰め込んでいる。

「じゃあ、頑張ってね！」

どこか他人事のように言って、もちづき君は台所から去っていく。なんというか、自由な神様だ。

「花乃、そろそろ生地がいいのではないですか？」

「あ、そうですね」

つごもりさんが生地をカットし、良夜さんが麺棒で伸ばしてくれる。私はその生地にあんこを包み、蒸し器の中に並べていった。まんじゅうの上に桜の塩漬けを並べ、十五分ほど蒸したら——桜まんじゅうの完成だ。

「味見をしてみましょうか」

ちょっぴり形がいびつなものを選び、三等分にして分ける。

フーフーと冷ましてから、パクリと食べた。

「あっ、熱っ！」

しっかり冷ましたつもりだったが、中のあんこは熱々だった。

生地はふかふかで、ほのかに桜の風味が香り、品のある甘さのあんこがまんじゅうの味わいを引き立ててくれる。

つごもりさんは瞳を輝かせながら、ぽつりとつぶやく。

「幸代の、味だ」

良夜さんも、深々と頷いて同意を示した。

「本当ですね。私も以前、幸代の冷凍あんこでまんじゅうを作ったのですが、このように生地の絶妙なふわふわ加減は再現できなくて」

私も、最初はうまく作れなかった。祖母はできない私を叱らずに、根気強く指導してくれたのだ。

「これだったら、カフェで出せます。満月大神に、味を見ていただきましょう」

なんと驚いたことに、もちづき君の合格が出なければカフェで提供してはいけないらしい。今まで、良夜さんが何度もお菓子を作ったが、一度も合格をもらえなかったとか。

そんな話を聞いたら、緊張してしまう。

「大丈夫」

つごもりさんが私の肩を優しく叩いてくれた。

「そうですよ。この仕上がりであれば、心配はいりません。幸代の技術がすべて継承されているので」

「は、はい！」

もちづき君は、居間にいた。寝っ転がりながら漫画を読み、テレビでは韓流ドラマが流しっぱなしになっている。その姿勢で、ジャガイモチップスを食べていた。すごく……ぐうたらな姿だ。きっと、祖母が見たら怒っていただろう。いや、さすがに神様相手には怒らないのかもしれないが。

「桜まんじゅう、できたの？」

「はい」

すると、もちづき君は起き上がる。

良夜さんはテーブルに桜まんじゅうを置き、つごもりさんはお茶を添える。

「ふーん。見た目は、幸代の桜まんじゅうそのものだね」

毎年春になると、町の祭壇にお供えしていた。そのため、なじみのお菓子なのだろう。桜まんじゅうを食べる様子を、ドキドキしながら見守る。

もちづき君が口に入れ、もぐもぐと食べた瞬間、カッと目が見開かれる。お茶をひと口飲んで、ぽつりとつぶやいた。

「おいしい……！　春の味がする」

膝の力が抜けて、その場に座り込んでしまう。

「なんだよ？」

「いえ、きちんと作れているのか、心配だったので」

「きちんと作れているよ。幸代と同じ、真心の味がした」

「真心の……味、ですか」

「ああ。丁寧に丁寧に作られた菓子は、〝おいしい〟という、特別な力がこもるものさ。きっと、狛犬カフェを訪れる者たちも、喜ぶだろう」

「はい！」

そんなわけで、桜まんじゅうをお店で出す許可が出た。さっそく、良夜さんがメニューを毛筆で書いてくれた。

本日の菓子——桜まんじゅう　お茶付き千円。

「こんなものですか」

「はい、すばらしいかと」

良夜さんの文字はきれいだった。私も、暇があれば習いたい。

お店の壁に、本日のメニューを掲げておく。今日は、どんなお客さんが来るのだろうか。ドキドキしてきた。

店の外に営業中の札を出した途端に、人の気配を感じる。振り返った先にいたのは、麦わら帽子をかぶり、作業着を着たお爺《じい》さん。

果物農家の佐々木《さ さ き》さんだった。数年ぶりに会った。昔は遊びに行くたびに、いろんな果物をもらった記憶がよみがえる。春はイチゴ、夏はスイカ、秋はブドウ、冬はリンゴなど。どれも甘くて、おいしかったのを覚えている。

「佐々木さん、こんにちは」

「うわっ!?」

ずっとここにいたのに、驚かせてしまった。なんというか、私は信じられないくらい存在感がないのだ。

「幸代さん――では、ないか……!」

「お久しぶりです。孫の花乃です」

「ああ、花乃ちゃんだったか！　いいや、驚いた。幸代さんの若い頃にそっくりで！」

写真整理をしているときにも思ったが、私は祖母の若い頃によく似ているのだ。

改めて言われると、ちょっぴりうれしくなる。

「〝かふぇ〟のエプロンをしているということは、ここで働くことにしたのかい？」

「はい」

「そうか、そうか……えらいな。幸代さんの倅《せがれ》は都会に行ったまま戻らん、薄情なやつだからな」

薄情と言われ、笑ってしまう。けれど、ここの町は仕事があまりない。都会のほうへ流れていくのも、無理はないだろう。

私も当初は東京で働いていた。薄情側の人間だろう。笑顔が、だんだん苦笑いへと変わっていく。

私の複雑な心境には気付いていない佐々木さんは、にっこり微笑みながら果物が入った箱を差し出してきた。

「ほら、これ、うちのハウスで採れたイチゴだ。とびきり甘いぞ」

「わー！　ありがとうございます。うれしいです」

ルビーのようにツヤツヤ輝くイチゴをもらった。あとで、満月大神の神棚にお供えしなくては。

「少し、お店で休ませてもらおうか」

「はい、ぜひ」

店内に案内すると、つごもりさんが消え入りそうなか細い声で「いらっしゃいませ」と言った。佐々木のお爺さんは片手を挙げて挨拶する。

「おっ、甘いメニューが始まったんだな。ずっと、ぬか漬けと茶しかなかったんだが」

「はい。甘味は私が作りました」

佐々木さんはなにか思い出したようで、パン！と手を打つ。そして、笑顔で話しかけてきた。

「ああ、そういえば、花乃ちゃんは、〝ぱてしえーる〟になったらしいな」

「はい！」

「いつも、幸代さんに怒られていたんだよ。〝ぱてしえ〟ではなくて、〝ぱてしえーる〟だってな」

そうなのだ。女性菓子職人はパティシエール、男性菓子職人をパティシエと呼ぶ。パティシエールという呼び方はあまりなじみがないからか、パティシエと呼ばれがちだ。いちいち訂正するのも面倒なので、パティシエと呼ばれても気付かないふりをするが。

「今日は桜まんじゅうか！　〝ぱてしえーる〟が作ったとなると、期待できるな」

「お祖母ちゃんのレシピで作ったものなんです」

「そ、そうなのか？」

佐々木さんは前のめりになり、話に食いつく。なにか、祖母の桜まんじゅうに思い入れがあるのだろうか。

「じゃあ、その、桜まんじゅうと茶をひとつ」

「はい。ご準備いたしますね」

台所に向かおうとしたら、良夜さんがすでにお茶と桜まんじゅうを用意してくれていた。

「これ、よろしくお願いします」

「ありがとうございます」

　受け取って、佐々木さんに持っていく。

「桜まんじゅうと、お茶のセットです」

「ああ、ありがとう」

佐々木さんはじっと、食い入るように桜まんじゅうを見つめていた。いつもと違う空気に、良夜さんも気付いたようだ。

「ねえ、つごもり。あのお爺さんがまんじゅうを喉に詰まらせたら、背中を叩いて吐かせてください」

つごもりさんは、コクリと頷く。

喉が詰まったときの心配をするなんて……！　さすが〝おかん〟と紹介されるだけある。

佐々木さんはひと口、桜まんじゅうを口にした。その瞬間、ポロリと涙をこぼす。

「さ、佐々木さん、お、お口に合いませんでしたか？」

しゃがみ込んで、お茶を勧める。背中をさすって、落ち着くように促した。

「違う……違うんだ……！」

佐々木さんは、ぽつりぽつりと話し始める。

「すまない。この、幸代さんの桜まんじゅうは、もう二度と、食べられないと思っていたから……！　とっても、おいしい。花乃ちゃん、本当に、ありがとう」

「いえ」

この桜まんじゅうは、佐々木さんにとって大変思い入れのある一品だったらしい。

「もう、何十年も前の話になるのだが、大雨で果樹園がダメになったときがあってな」

雨で土砂が緩み、佐々木さんの果樹園は呑み込まれてしまった。なすすべもなく、深く落ち込んでいたのだとか。

「もう、果樹園はやめよう。土地は地主さんに返して、どこかへ引っ越そう。そんなことを考えるくらい、つらく悲しかったんだ。けれど、家族はここを離れたくない、果物農家をやめたくないと訴えてな」

家族と対立する噂《うわさ》でも聞いたのか、祖母は佐々木さんの家を訪問したのだという。

「幸代さんは言ったんだ。『桜を見ながら、話し合いましょう』って。大雨で、桜も散ってしまった。それなのに、なにを言っているんだ。そう思ったんだがな」

祖母の言う桜とは、外に咲くものではなかった。風呂敷に包んで持ってきていた、桜まんじゅうを佐々木さんとその家族に見せたのだ。

「桜まんじゅうの薄紅色が、今でも鮮明に思い出せるくらい、きれいだったよ」

同時に、これまでの春の景色がよみがえってきたという。

「毎年、春になるとリンゴが花を咲かせるんだ。それはそれはきれいで……もう一度、見てみたいと、思ったんだなあ」

祖母の桜まんじゅうをきっかけに、佐々木さんは果樹園の復活を決意した。

「いやはや、苦労の連続だったよ。でも、くじけそうだって思うたびに、幸代さんはどこからともなく現れて、俺たち家族に桜まんじゅうを差し入れてくれたんだ」

それから、大変だと思うたびに「幸代さんの桜まんじゅうを食べるために、頑張るぞ！」と気合いを入れていたのだとか。

「不思議な人だったよ……本当に」

人々の心に寄り添い、心を守る。それが、巫女としての祖母の仕事だったのかもしれない。

「桜まんじゅうは、もう、食べられないと思っていたんだ。奇跡のようだよ……！」

「祖母は、私の心の中で生きていますので」

「そうか……そう、だな」

佐々木さんは家族にも桜まんじゅうを食べさせたいと言うので、包んで手渡した。

「花乃、これ、一個二百円で売りますか？」

「一個二百円は高いですよ。ぼったくりすぎます」

「お店では、茶と菓子だけで、千円で売っているではありませんか」

「そ、そうですが」

「きれいごとを言っている状況ではないので。神社を復興させるためには、お金が必要なんです。つごもり、会計してきてください」

つごもりさんは雨の中に捨てられた犬のような表情をしたので、私が説明に回る。

「佐々木さん、このおまんじゅう、たくさん作っていなくて、一個二百円もするのですが、大丈夫でしょうか？」

「ああ、いいよ。三百円でも四百円でも、出すつもりだったさ」

それを聞いた良夜さんがなにか言いそうだったので、あわてて口をふさぐ。つごもりさんに目配せして、家の奥まで連行してもらった。

「花乃ちゃん、今日は本当に、ありがとう」

「こちらこそ、ありがとうございました」

祖母は私の心の中だけではなく、いろんな人の心に存在している。

これから、この狛犬カフェを通して、たくさんの人と話をしたい。

「またのお越しを、楽しみにしております」

笑顔で、佐々木さんを見送った。

それと同時に、巫女の証である手のひらの満月の紋章が、チカチカと光る。

疑問に答えてくれたのは、戻ってきた良夜さんだった。

「人の願いが叶うと、神通力が高まります。その、証でしょう」

佐々木さんは祖母の作った桜まんじゅうが食べたかった。奇《く》しくも、私は願いを叶えることとなったらしい。

「あの、私の神通力って、なんなのでしょうか？」

神通力の片鱗《へんりん》は、まったくなかった。正式に満月大神にお仕えする巫女となったのに、不思議な力は一切感じない。

神通力が高まったら、なにか特殊な能力に目覚めるのだろうか？

「歴代の巫女の中で、幸代は抜きん出て優れた巫女でした。大抵の巫女は、目に見えるような能力は、ないのですよ」

「あ、そ、そうなのですね。ではこの先、神通力を高めても、特になにもできない可能性があると」

「ですね」

なるほど。地味で存在感のない私らしいオチだ。

でもまあ、だれかの願いを叶えるというのは、気持ちがいい。

巫女として、頑張ろうと決意を新たにした。

「こ、これは？」

もちづき君は夕方まで、韓流ドラマと漫画を楽しんでいたようだ。空になったスナック菓子も、三袋くらい放置されている。驚くほどの、ぐうたらぶりだ。

私の考えていることは筒抜けなので、もちづき君にジロリとにらまれてしまった。

「おい、花乃、僕は神だからな！」

「はい。もちづき君は、神様です」

敬礼しつつ答えたが、表情が和らぐことはない。そんなやりとりをしていると、良夜さんがひょっこり顔を覗かせて言った。

「満月大神、先ほど、閉店しました」

「そう。お疲れ」

本日の売り上げと、もらったイチゴをもちづき君に奉納した。

「売り上げの三千円と、イチゴか。初日にしては、まあまあ頑張ったほうだろう」

もちづき君はつごもりさんに、それらを祭壇に持っていくようにと命じる。

つごもりさんは、他にも食材が入ったカゴを持っていた。私も、あとに続く。

物置だった部屋に、祭壇が作られていた。

三段になった祭壇の一番上には、満月みたいにまん丸な鏡が輝いている。目にした瞬間、特別なものだというのがわかった。

私の視線に気付いたからか、つごもりさんが説明してくれた。

「あれは、神器《じんぎ》、満月鏡。神様の、依り代」

やはり、神聖なものだったのだ。思わず、拝んでしまう。

二段目に置かれているのは、日本刀。柄、鍔《つば》、鞘《さや》、すべて黒い。

「こっちは、三日月刀《みかづきとう》。月を模して作った、暗闇を切り裂く刀」

なんだかカッコいい。ちなみに、刀を抜けるのは満月大神だけなのだとか。

三段目には、神酒に野菜、乾物、卵や餅、お菓子、果物など神饌の数々が供えられている。

「神饌は、可能な限り、毎朝入れ替える」

「了解です」

三段目の食材をすべて下ろし、佐々木さんからもらったイチゴと、カゴの中の食材を並べていく。

「神饌は、夕食の材料に、する」

「わかりました。では、なにか作りますね」

「手伝う」

「お願いします」

台所に移動していたら、背後からゴトリ！と大きな物音がした。

振り返ると、黒い大型犬と化したつごもりさんの姿が。ひっくり返ったカゴを帽子のように頭からかぶり、脱げた服の真ん中で呆然としていた。

すっかり忘れていたが、夜になるとつごもりさんと良夜さんは、犬の姿になるのだ。なんでも、月夜の晩は姿を偽れなくなるらしい。

「あ、えっと……大丈夫ですか？」

『平気。それよりも卵』

確認したが、布にくるんでいた卵は無事だった。つごもりさんとふたり、ホッと胸を撫で下ろす。

『ごめん。夕食のお手伝い、できない』

「いいですよ。ゆっくりしていてください」

つごもりさんはしょんぼりしながら、脱げた服をくわえてこの場を去っていく。いじらしいというか、なんというか。

と、つごもりさんを気にしている場合ではない。夕食の準備に取りかからなくては。

台所にひょっこり顔を覗かせたのは、青年の姿になった満月大神だ。

月の満ち欠けで姿が変わると話していたが、昨日より若くなっているような？

もうすぐ新月だからだろう。

「花乃、お腹が空いた」

「可能な限り早く用意します」

その返しに満足したのか、満月大神は台所から去っていった。

カゴの中の神饌をじっと見つめ、夕食の献立を考える。

「お餅にアスパラガス、大根、ジャガイモに菜の花、くるみ……」

冷凍庫の中を覗き込むと、豚バラ肉を発見した。まだ食べられそうなことを確認したのちに、調理に取りかかる。

まずはご飯と思ったが、すでに炊けていた。良夜さんが用意してくれていたのか。さすが、おかん。非常に助かる。

まずは、一品目から。冷凍豚バラ肉を解凍させ、アスパラガスに巻きつける。焼き色をつけたら、酒、みりん、砂糖、醤油で作ったタレを絡める。照りが出てきたら、〝肉巻きアスパラガス〟の完成だ。

二品目は、味噌汁。細切りにしたジャガイモを煮ておく。あとは、火が通ったら味噌を溶き入れるだけだ。

三品目は、塩茹でした菜の花を、砂糖、醤油で和える。それに、煎《い》って香ばしくしたくるみを加えて混ぜたら、〝菜の花のくるみ和え〟のできあがり。

四品目は、〝からみ餅〟。お餅を焼き、その間に大根をおろす。お餅がやわらかくなったら、お皿に盛り付け、大根おろしをのせる。上から醤油をかけ、七味唐辛子を振りかけ、小口切りにしたネギを散らす。

最後に、煮えたジャガイモの中に味噌を溶き入れ、沸騰する前に火を消す。

「で、できた……！」

一時間半ほどで、夕食は完成となる。満月大神に急かされたからか、いつもより手早くできたような気がした。

食卓に運ぶ前に、良夜さんとつごもりさんに声をかけたほうがいいだろう。

どこにいるのかと探していたら、障子の向こうに子犬のシルエットが見えた。良夜さんだ。

「あの、良夜さん」

『なに？』

スッと、わずかに障子が開かれた。白くもふもふした小型犬となった良夜さんが、私を見上げる。

『ちょうどよかった。これを、部屋に持ち帰ってください』

「はい？」

なにを持ち帰るというのか。障子を開いて確認したら、良夜さんが洗濯物の山を額で押してくる。一番上には、私のパンツが丁寧に畳んであった。

「きゃあっ！」

あわてて回収する。どうやら、洗面所に置きっぱなしになっていた着替えを、洗濯してくれていたようだ。

『なにを恥ずかしがっているのですか？』

「いや、だって、パンツが……！」

『私から見たら、どれもただの布です』

「た、ただの布……!?」

言われてみれば、パンツはただの布に間違いない。けれど、恥ずかしいものは恥ずかしいのだ。

『まさか、私が〝男〟の姿をとっているから、恥じているのですか？』

「男性でも女性でも、自分以外の人にパンツを見られたら、恥ずかしいものです」

『人間の羞恥心《しゅうちしん》は、理解できないです』

なんせ、彼は狛犬だ。人ではない。

「あの、下着は、自分で洗いますので」

『また、面倒なことを自ら買って出て……』

あきれられてしまったが、これればかりは譲れない。なんとか頼み込み、私は下着類の独立を勝ち取った。

……いや、良夜さんの言うとおり、仕事が増えるだけなんだけれど。

『それよりも、なんの用だったのですか？』

「あ、そうでした。食事の支度が調ったのですが」

『私とつごもりは、夕食は食べないですよ』

「え、そうなのですか!?」

『朝と昼に食べるのは、人の姿を保つためです。変化の術は、力を使うので』

「な、なるほど」

そうとは知らずにたくさん作ってしまったが、問題ないらしい。満月大神が完食してくれるだろうと。

『いつも遠慮して食べているとおっしゃっていました。心配はいらないですよ』

良夜さんの言葉のとおり、満月大神は三人前の料理をペロリと平らげてくれた。

「久しぶりに、満足いくまで食べられたよ。花乃、よくやった」

「喜んでいただけて、なによりです」

ここまできれいに食べてくれたら、気持ちがいい。作った甲斐《かい》があるというもの。

どの料理も、自分で言うのもなんだが、おいしく仕上がっていた。

肉巻きアスパラガスは、アスパラガスのシャキッとした食感が少しだけ残っていて、濃いめの味付けのおかげでご飯が進んだ。

味噌汁は、春採れジャガイモがホクホクで、ほのかに甘みも感じた。

菜の花のくるみ和えは、ほんのり苦みのある菜の花を、香ばしいくるみがまろやかにしてくれる。

からみ餅は、大根おろしと七味唐辛子のピリリとした辛みが利いていて、おいしさのあまりいくらでも食べられそうだった。

「今日一日、よく頑張った。明日も、しっかり励むといいよ」

「はい、頑張ります」

食器はつごもりさんと良夜さんが洗うと名乗り出たが、いったいどのようにして洗うのか。しばし眺める。

ふたりは台所にお盆とふたつのたらいをくわえて持ってきていた。それに、水を張ってくれと頼まれる。

水を張ったたらいの中に夕食で使ったお皿を浸け、洗剤を垂らす。犬かきをして泡立たせ、もこもこの水の中でお皿をアライグマのように洗っていた。

その様子は、かわいいとしか言いようがない。スマホを向けてムービーを撮ろうとしたら、つごもりさんと良夜さんは画面に映っていなかった。

スマホを通して見えたのは、ただだれもいないところで食器が洗われているという怪奇現象だったのだ。

「ヒイ！」

スマホをゴトンと落としてしまう。あきれた様子で、良夜さんが言った。

『私たちは人でも、犬でもありません。人の作った機械に、映るわけがないでしょう』

「で、ですよね」

改めて、私はとんでもない状況に身を置いているのだなと、思ってしまった。


明日の仕込みをしておく。水に浸けていたあずきを、炊いておくのだ。

炊く、というのは、一部地域で使われているだけの方言らしい。一度、「東京の人は、ご飯以外で炊くなんて言わないよ」と言われたこともある。

けれど私は、炊くという言葉が好きだ。なんだか、丁寧で、素材がふっくら煮上がるような気がしてならない。だから、私は好んで使っている。

台所には、ぐつぐつとあずきが炊き上がる音だけが響いていた。時間が、ゆっくり過ぎていく。

あんこが完成したら、お風呂に入ることにした。昔ながらの、五右衛門風呂である。

祖母の家では今でも薪を使ってお湯を沸かしているのだ。

外に火口があって、重ねた薪に火を入れる。フーフーと息を吹きかけ、火を大きくしていった。

ほどよい温度になったら、火を火鉢の中に移しておく。もしもお湯が冷えてきたら、また入れるのだ。

乾かしていた板を五右衛門風呂の中に沈める。これがないと、熱した底で火傷をしてしまう。

お湯をかぶって、ゆっくり肩まで浸かった。少し熱いくらいだった。手で触れたときと、実際に入るのとでは、温度の感じ方は異なる。

「はー……！」

一日の疲れがお湯に溶け出して、なくなるようだ。

やはり、お風呂はいい。体のいろんなものが、リセットされる。

また、明日も頑張ろう。


お風呂から上がったあとは、火鉢に五右衛門風呂に使った炭を入れて庭に設置する。缶ビールとイカの干物を持ってきて、夜桜を見上げた。

湯冷めしそうなので、コートを着込んだ。レジャーシートの代わりに、古い新聞を広げて座る。人の目はないので、これで十分だ。

縦に四等分したような月が、夜空に浮かんでいた。満月ではないが、十分明るい。

特に、明かりはいらないだろう。

イカの干物を、網を置いた火鉢にのせた。ここから先、一秒たりとも目を離せない。

くるくる丸くなったところで、火から下ろす。

「あ、熱っ！」

熱したイカの干物は、火傷しそうなほど熱々だ。けれど、温かいうちに裂いておかなければ固くなる。なんとか、すべてのイカを裂く。

そのまま食べてもおいしいが、マヨネーズに醤油、七味唐辛子を混ぜたものをつけてもおいしい。祖母から習った食べ方だ。

五右衛門風呂に入ったあと、残った火を火鉢に入れて、お餅を焼いたり、干物を焼いたり、タケノコを焼いたりして食べるのは、夜の楽しみだった。

いつもは祖母とふたりだったけれど、今日はひとり。

七味醤油マヨネーズにイカをつけ、食べる。続けて、ビールを飲んだ。

「お、おいしい……！」

思わず、声が出てしまった。

春のやわらかな風が吹き、桜がはらりと散る。なんとも美しい夜桜だ。

この様子だと、数日のうちには散ってしまうだろう。来年の分の桜の塩漬け用に確保しなければならない。

桜の花を集めるのは明日にしよう。

そう決めて、ビールをごくりと飲み干した。

すばらしい夜を堪能しているなか、庭の端っこにゴムまりを発見する。近所の小学生が遊びに来て、忘れたものだろうか？

ゴムまりなんて東京では絶対に見かけないが、この町では駄菓子屋で入手できる。私も、小学生の頃は祖母とゴムまりをついて遊んだ。

その思い出を職場で語ったら、「昭和初期からタイムトリップしてきたの？」なんて聞かれた記憶まで思い出してしまう。

おそらく、両親の世代でも、ゴムまりで遊んだ覚えがある人は少ないだろう。

懐かしくなって、思わず手に取る。その場で、てんてんとついてみた。

「いち、にー、さん——おっと！」

小学生の頃は百回くらいつけたような気がしたが、ゴムまりは私の手を離れて明後日の方向へ飛んでいってしまった。

それと同時に、黒く大きな生き物が草むらから飛び出す。

「うわっ！」

驚き、声をあげてしまう。同時に、ゴムまりをくわえた姿で振り返ったのは、黒く大きな犬——つごもりさんだった。

「あ、えっと、こんばんは」

私が会釈したので、同じように返してくれる。少し気まずそうな顔で近づいてきて、くわえていたゴムまりを私の足下に落としてくれた。

「えっと、もしかして、ずっとお庭にいました？」

つごもりさんは、コクリと頷く。ひととおりの行動を見られていたとは、恥ずかしすぎる。

羞恥心をごまかそうとゴムまりを持ち上げたら、つごもりさんの瞳がキラリと輝いた。視線は、ゴムまりに釘付けである。

もしかして、ゴムまりが欲しいのだろうか。

取り上げてごめんよと思いつつ、つごもりさんの前に、そっとゴムまりを置いた。

すると、キラキラの瞳は一気に暗くなる。

ゴムまりが欲しいわけではないと？

再び手に取ると、瞳がまた輝き始めた。

これは、アレだ。ゴムまりで遊んでほしい感じだ。

ゴムまりをポーンと投げると、つごもりさんは尻尾を振りながら取りに行った。そして、口にくわえてすぐに持ち返ってくる。

受け取って、もう一度投げた。これも、追いかけて回収してくる。私の前にゴムまりを落とし、尻尾を振りながら見上げてくる。

「つごもりさん、ゴムまり遊び、楽しいですか？」

『た、楽しい!!』

これはもう、我慢できない。愛《う》いやつめと、「よーしよしよし」と言いながら、頭を撫でてしまった。

つごもりさんも嫌がることなく、撫でてくれとばかりに頭を差し出してくれる。

それから一時間ほど、ゴムまり遊びをした。疲れ果てたあと、私たちはハッと我に返ったのだ。

「な、なんか、すみません。なれなれしく、さわってしまい……！」

『俺も、ボール遊び、楽しくて、調子に乗っていた』

もう、寝よう。

火鉢の始末をして、そそくさと部屋に戻り、布団の中に潜り込んだ。

あっという間の一日だった。

◇◇◇

朝、甲高い声を聞いて目覚める。

『おはよーーーー、朝だーーーーーッ!!』

「うわっ!!」

突然の叫びに驚いて、飛び起きる。外から聞こえた今の声は、なんだったのだろうか？

子どもや大人の声ではない。アニメで聞くような甲高い声に近いのか。とにかく、日常ではあまり聞かない声だ。

カーテンを開いて外を見ても、だれもいない。ゾッとしてしまう。気のせいだったのか？　……いや、確かに聞いた。

正体を確認しないと、落ち着けない。身支度を整え、傘を握って外に出ようとしていたら声をかけられた。

「なにしているのです？」

「あ、良夜さん」

クマの絵がプリントされたパジャマ姿の良夜さんだった。

昨日のパンツの件を思い出してしまい、若干の気まずさを覚える。それをごまかすために、元気よく挨拶をした。

「おはようございます！」

「おはよう。それで、雨も降っていないのに、傘を持ってなにをしようというのです」

「えっと、その……不審な声を、聞いたのです」

「不審な声？」

「はい。甲高くて、アニメっぽい声だったのですが、良夜さんは聞きましたか？」

「いいえ、聞いていないです」

「おそらく、敷地内で、そこそこ大きな声で叫んでいたと思うのですが」

良夜さんは、不審なものを見る視線を私に向けていた。そんなふうに見られると、本当に聞いたのかだんだん不安になる。

「どのような内容を、耳にしたのです？」

「それは、おはよう、朝だよ、だったかと」

「は？」

「おはよう、朝だよ、と」

「いや、聞き返したんじゃなくて、それのどこが不審なのかと聞きたかったのです」

「え、怖くないですか？　突然、家の中にまで聞こえるような大声で叫ぶなんて」

良夜さんには、私の恐怖など理解できないのだろう。人と狛犬だ。価値観は天と地ほども違うのかもしれない。

「良夜さんには、聞こえていなかったのですね」

「当たり前でしょう。この家の敷地内には、満月大神の結界があるんです。悪しき者は、近寄れないようになっているのですよ」

そうは言っても、確認しないと気が済まない。外を見て回ってくると言うと、良夜さんはあきれかえった。

「自ら問題に首をつっこむなど、脳天気にもほどがあります」

「それが性分ですので」

きっと、外を見回って異常なしだったら、落ち着くだろう。

「では、ちょっと見回りを」

「待ってください。もしも、だれかいたとしたら、それは満月大神の結界を破ってやってくる、邪悪な存在です。あなたなんて、一瞬で屠《ほふ》られてしまうでしょう」

一瞬、「モフられてしまう」と聞き間違ったが、そんなわけない。きっと、「屠られてしまう」だろう。

サーと、血の気が引いた。

「ど、どど、どうすれば、いいのですか？」

「まあ、あなたくらい存在感がなかったら、邪悪なるものも気付かないかもしれません。どうぞ、傘を武器に見回りに行ってきては？」

「そ、そんな！」

涙目で助けてくださいと訴えると、深いため息をつかれてしまう。

「仕方がありませんね。いったいどこから、声が聞こえてきたというのです？」

「えっと、裏庭のほうからです」

「自ら確認に行くなど、愚かでしかないのですが」

辛辣《しんらつ》な言葉を吐きつつも、良夜さんは調査に同行してくれるらしい。正体不明の声を恐れず、ずんずんと先陣を切ってくれる。

裏庭へと回ったが、怪しい存在は確認できない。

「だれもいないじゃないですか」

「私が窓から外を覗いたときには、すでにいなくて」

「キジバトの鳴き声を、変なふうに聞き違ったのでは？」

キジバトというのは、アレだ。田舎の野山に出現するハトの一種だ。「クークドュッドュルー」みたいな独特な鳴き方をする。

「いや、キジバトの鳴き声ではないですよ」

「だったら、登校中の小学生の声を聞いたのでは？」

「登校するには、あまりにも早すぎます」

あの声はいったいなんだったのか。と、思った瞬間、鶏小屋のほうから再び声が聞こえた。

『アー、アー、アー、朝ダヨーー!!』

「良夜さん、今、また声が聞こえました！」

「は？」

なにを言っているのだ、という顔で見られる。

「声が、聞こえたんです。鶏小屋のほうから！」

「鶏の鳴き声しか、聞こえませんでした」

「え、ですが、あーあーあ、朝だよー、という叫びが、聞こえたのですが」

良夜さんは明らかに面倒くさい、という表情で鶏小屋を覗き込む。

「なにもいません。普通の、鶏小屋です」

私も良夜さんの背後から覗き込んだが、なんの変哲もない、鶏小屋だった。

しかし――。

『はー、今日も天気がいいわー』

『洗濯物も、よく乾くわよ』

『お腹空いたー！』

鶏が、主婦みたいな会話をしていた。

「えっ、ど、どういう、こと？」

「なにが、です？」

「に、鶏が、おしゃべりしているんです！」

「は？」

本日二回目の良夜さんの辛辣な「は？」だが、気にしている場合ではない。

『あー、もうすぐ田植えだなー』

『早く米、実らないかなー』

今度は上から声が聞こえる。それは、スズメたちの会話だった。

『今日も寒いなあ』

背後から聞こえた声に振り返る。野良猫だった。

「ど、動物たちの、言葉が、わかるんです！」

良夜さんの冷ややかな反応を見るに、どうやら聞こえているのは、私だけらしい。

「動物の言葉がわかるだって？」

「はい！　鶏と、スズメと、猫のしゃべっている言葉が！」

「ああ、そういうことですか」

「ど、どういうこと、ですか？」

ひとりで納得されても困る。説明してほしいと訴えた。

「それ、たぶんあなたの神通力ですよ」

「じ、神通力、ですか？」

「ええ。動物の言葉がわかる、というのは初めて聞きましたが」

そういえば昨日、願いを叶えたら手のひらの満月の紋章が光った。その結果、動物の言葉がわかるようになったと？

「えっと、この能力は、なにか、役に立つのでしょうか？」

「さあ？　初めて聞いた能力なので、サッパリです」

「で、ですよね……」

これはいったい、なんのための能力なのだろうか。たとえば、さっきの猫に暖かい場所を用意してあげたら、神通力が高まると？

いやいや、人様相手でも大変そうなのに、動物にまでかまっていられないだろう。

とりあえず、この能力については、深く考えないようにした。

「よし、解決。お腹空きましたね。朝食を作ります」

「意外と、切り替え早いですね」

「うじうじ考えそうに見えて、実はあまり考えないタイプなんです」

これは、いいところだと祖母からも褒められたことがある。だから、胸を張って答えた。

私の堂々たる物言いに、良夜さんは鳩が豆鉄砲を食ったような表情となる。

思わず、笑ってしまった。

勝手口から台所に行ったら、つごもりさんを驚かせてしまった。昨日同様、手にはコーンフレークの箱を持っている。

「つごもり！　あなたはまた、朝食をコーンフレークで済まそうとしていますね」

「このメーカー、一番おいしいやつ、だから」

「そういう問題ではありません。コーンフレークだと、十時くらいにはお腹が空くでしょう？」

「あ、あの、今日も、私が準備しますので」

「つごもりを、甘やかさないでください」

良夜さんに怒られているつごもりさんの瞳がウルウルしていたので、かわいそうだと思って助けてしまうのだ。

「あの、では、つごもりさん。一緒に作りましょうか！」

「いいの？」

「もちろんです」

良夜さんは「はーー」と、深いため息をついている。なんとか許されたようだ。

一緒に鶏小屋に卵を取りに行くと、鶏が荒ぶっていた理由を察する。

『男は嫌〜〜〜!!』

「ああ、なるほど」

「なにが？」

「男性が、嫌みたいです」

「言っていること、わかるの？」

「はい。それが私の、神通力みたいです」

「そうなんだ」

おかげで、平和に卵を手に入れた。

朝食は、ネギ入りの卵焼きに、あした葉の味噌汁、からし菜のおひたしに、キャベツの胡麻《ごま》和え、焼き明太子にした。

祖母が大事に取っておいたであろう、博多の明太子を使わせてもらった。ありがたく、いただきたい。

朝食はつごもりさんに良夜さんと、みんなそろって食べる。

ネギ入りの卵焼きは、シャキシャキとしたネギを卵の優しい甘さが包み込む。

あした葉は独特の苦みを感じるが、味噌汁にすると味わい深くなる。

からし菜のおひたしは、ピリッとした風味が利いていて、とってもおいしい。

キャベツの胡麻和えは、さっと葉を湯がいただけなのに、驚くほどやわらかくて感動する。

明太子は、さすが本場博多の味。おいしくて、ご飯がどんどん進んでしまう。

今日も、もちづき君は気持ちがいいくらい食べてくれた。つごもりさんは目がキラキラ輝いているし、良夜さんも口の端がわずかに上がっている。聞かずとも、おいしいという気持ちは伝わっていた。

朝食後は桜まんじゅうを仕込み、開店準備を行う。予定どおり、十一時にはお店の営業を開始できそうだ。

完成した桜まんじゅうとお茶を居間に持っていくと、もちづき君はすでに漫画を持ち込み、テレビのリモコンを我が物のように握っていた。テーブルに頬杖をついてぼんやりニュースを眺めている。

「神様でも、ニュースを見るのですね」

「いや、人がもたらす情報なんて、興味ない。気分が悪くなる」

「だったら、なぜ、眺めているのですか?」

そう問いかけた瞬間、もちづき君は口元に人差し指を添える。静かに、と言いたいのだろう。

もちづき君は真剣な眼差しで、テレビを見つめていた。いったいなにが始まるのかと思い、私もテレビに視線を移す。

自宅で飼っている犬を紹介するコーナーのようだ。ゴールデンレトリバーが、ワンワンと吠えている。テレビに映る犬の主人は眉尻を下げながら、「うちの子は本当にかわいい」とデレデレしていた。

「ワンワン吠えて、なにを訴えているんだか」

ふと、意識を集中してみると、犬が訴えている言葉がわかる。

『ご主人、大好き！　パクリとひと思いに食べてしまいたい！　でも食べたら、お別れになっちゃうから、食べない！』

なんだか怖いことを考えている。動物の思っていることなんて、知らないほうが幸せだろう。

ここで、もちづき君にも神通力について報告した。

「動物の言葉がわかるだって？」

「はい」

「だったら、さっきのゴールデンレトリバーがなにを話していたのかも、わかるの？」

「ええ。ご主人様を食べてしまいたいほど愛している、と言っていました」

「なにそれ。怖っ!!　っていうかその力、役に立つの？」

「どうでしょう？」

能力としては未知数である。神通力といったら、悪しき存在を退治したり、亡くなった人を現世に呼び戻したりと、そういう不思議なものだと思っていたが……。

「まあ、なにもないよりは、いいだろう」

「ですね」

果たして、動物の言葉がわかるという力は巫女として役に立つのか。乞うご期待、としか言いようがない。

とにかく、今日も一日頑張ろう。

そう気合いを入れて、営業中の札をかけに行ったのだった。

◇◇◇

夜、神饌としてお供えしていたイチゴを下げ、調理することにした。

そのまま食べてもおいしいが、大量にあるのでジャムを作ることに決めたのだ。もちろん、祖母直伝のレシピである。

イチゴの甘い匂いをめいっぱい吸い込み、幸せな気分に浸った。

春、散歩をしていると、ビニールハウスからイチゴの匂いが風に乗って届くのを思い出してしまう。春が来たと、しみじみ実感していた。

と、楽しかった過去を振り返っている場合ではない。ちゃっちゃとイチゴジャムを作らなければ。

まず、イチゴのへたをナイフで取り、きれいに洗う。琺瑯《ほうろう》鍋にイチゴを移し、砂糖を入れたあとレモンを搾《しぼ》る。

弱火にかけながら、砂糖とイチゴをよく混ぜた。このあたりで、イチゴを潰しておく。

きれいな赤いジャムに仕上げるには、ここで潰しすぎないのがポイントだ。失敗すると、くすんだ色のジャムになってしまう。

ぐつぐつ、ぐつぐつとジャムが煮える甘酸っぱい香りが漂っていた。

いい匂いだ。これを瓶に詰めて保存したいと思うくらい、好きな匂いだ。

沸騰してきたら、アクが浮いてくる。アクは思いきって一気にすくうのもポイントだ。ちまちますくうと、どうしてもアクが残ってしまい、雑味が残るジャムになる。

おたまを使って、イチゴのやわらかさを確認する。力を入れずとも潰れ、とろとろに煮えていたら完成間近だ。

なめらかなイチゴジャムが好きな人は、ここでイチゴを潰してもいい。私はイチゴがごろごろしているのが好きなのでそのまま。最後に細かなアクをすくい、煮沸《しゃふつ》消毒した瓶に詰めていく。

仕上げに祖母は瓶ごとジャムを蒸していた。最初は蓋を閉めずに蒸し、最後の十分は蓋をして蒸す。すると、鮮やかな赤いジャムが仕上がるのだ。

開封しなければ、一年くらい保つ。佐々木さんは祖母のジャムのファンだったので、持っていってみようか。

台所の明かりにジャムを透かしてみた。宝石みたいな、美しい色合いである。

祖母もこうやって、完成したばかりのジャムを見せてくれた。本当に、きれいだった。

今日のジャムは、祖母と同じくらい上手にできたような気がする。

パンに塗って食べるのが、楽しみだ。

第三章　巫女のお仕事

祖母の家で暮らすようになって、一カ月が経った。

桜は散って葉桜となり、田んぼは田植えの準備が始まろうとしている。

風の匂いも、春から初夏へと移りつつあるのだろうか。

三月に祖母が亡くなり、四月に仕事をやめて祖母の家に引っ越してきた。今でも、思い切った選択をしたと思っている。

ただ、パティシエールをやめるよりも大変な事態が、祖母の家で待ちかまえているとは思いもしなかった。

知らぬ間に家がカフェに改装されていたり、そこに神様と狛犬が住んでいたり、いきなり動物の言葉がわかる神通力に目覚めてしまったりと、とんでもない出来事の連続である。

でも、そのおかげで、祖母を亡くした悲しみから、少しだけ立ち直ったような気がする。ひとりだったら、ふさぎ込んで、しばらく無気力状態だっただろう。

私は今、狛犬カフェの店員として、また、満月大神の巫女として、日々頑張っている。きっと、天国にいる祖母も、優しく見守ってくれているだろう。

◇◇◇

五月といったら、端午《たんご》の節句である。子どもの健康と、健やかな成長を祝う日だ。祖母は毎年、笹だんごを作ってくれた。小学生の高学年くらいになると、作り方を教えてくれたのだ。

笹だんごに使う笹はお店でも売っている。しかしどうやらそれはこの辺だけらしい。以前ふと食べたくなって、東京のスーパーで探してみたが、一度も見つけられなかった。仕方なく笹なしで作ってみたものの、祖母の味にはならなかった。やはり、笹を使うのがポイントなのだろう。

ここでの買い物はもっぱら宅配スーパー頼りだ。朝頼んだものは夕方までに持ってきてくれる上に、価格は店頭と同じ。五千円以上頼んだら、宅配料も無料なのでありがたい。車を持たない高齢者が多く暮らす町なので、利用率はかなり高いのだとか。

そんなわけで、無事に笹を入手できたわけである。久々に手にした笹に、思わず頬ずりしてしまった。

「なにをしているのですか？」

「ひゃあ!!」

突然良夜さんが現れ、飛び上がるほど驚いてしまった。

基本、狛犬である彼は気配というものがない。ぼんやりしていたら近くにいた、なんてことがよくある。

「さ、笹だんご用の笹を、久しぶりに入手できたので、うれしくて」

「笹なんて、買わなくてもその辺に生えているではありませんか」

「その辺の笹は人様の土地のものですし、笹の葉は一部地域でしか入手できないのですよ」

良夜さんは東京を知らないので、信じがたいという目で私を見ていた。

「それはそうと、早く作りましょう」

「そうですね」

つごもりさんは庭の雑草抜きをしているらしい。最近、カフェでオープンテラスの席も作ったのだ。そのため、庭は常にきれいにしておかなければならない。

まあ、オープンテラスといっても、縁側に座布団を置いているだけのものだけれど。

祖母の家周辺は犬の散歩コースにもなっていて、気軽に立ち寄れるようにしてみたのだ。犬のお菓子も用意しているので、犬のほうからぐいぐい紐《ひも》を引いて来たがるという、なんともありがたい状況になっている。

「そういえば――」

「はい？」

「昨日つけていたエプロンに頑固なソースが付着していたので、しみ抜きしておきました」

「それはそれは、どうもありがとうございます」

良夜さんは毎日洗濯を担当していて、ただ洗うだけでなく、生地の状態なども細かく気にしてくれる。そしてアイロンもかけ、お店の服みたいにきれいに畳んでくれるので、毎日ありがたや～と手と手を合わせて拝んでしまうのだ。

「シミを作ったら、すぐに報告してください。スピードが命なので」

「はい、肝に銘じておきます」

良夜さんと話していると、母親がいたらこんな感じなのかな、と思ってしまう。物心ついたときから母親はいなかったので、想像に過ぎないけれど。

そんなことを考えていたからか、この前うっかり良夜さんを「お母さん」と呼んでしまった。その場にいたもちづき君に爆笑されたのは、言うまでもない。

「では、作りましょうか」

「はい」

笹だんご作りに取りかかる。

まず、ボウルに白玉粉と上新粉、砂糖を入れ、それに水で溶いたよもぎ粉を注いで混ぜる。生地がまとまってきたら、しっかり捏ねてなめらかにしていく。

生地が仕上がったら、ひと口大に分けてあんこを包む。そして最後に笹を巻くのだ。

「包む前に、生地がくっつかないように、笹にうっすらと油を塗ります」

二枚の笹で包み込み、乾燥イグサで縛ったものを蒸し器で三十分ほど加熱したら、笹だんごのできあがりである。

完成した笹だんごを、もちづき君に持っていった。

今日の彼は、月曜日発売の週刊少年雑誌を熱心な様子で読んでいた。同じく、隣には少女向けの月刊誌も置かれている。漫画は男女向け問わずに読んでいるようだ。

ちなみに漫画は、つごもりさんが隣町まで自転車で買いに行っていて、いつも恥ずかしそうに持ち帰っている。

「もちづき君、笹だんごができました」

「笹だんごか。久しぶりだな」

「あれ、お祖母ちゃん、最近作ってなかったのですか?」

「ああ。これはお供え用じゃなくて、あんたが好きだったから、作っていたんだろう」

「そうだったんだ」

祖母が笹だんごを作ったという電話がかかってきたら、飛び上がって喜んでいたような気がする。それほど、好きだったのだ。

祖母もそれを知っていて、私のためだけに作っていたとは。祖母の愛に、瞼《まぶた》がじんわりと熱くなった。

「覚えているか? 山の神社に笹だんごをお供えにやってきたときの話を」

「えっと、小学生くらいのときの話ですか？」

「ああ。あんたはお腹が空いたから、笹だんごを食べたいって、泣き叫んだんだ。あまりにも大きな声だったから、山頂にいた僕にまで聞こえていたんだよね」

そういえば、そんな記憶もあるような、ないような。

「きちんとお弁当を持ってきていたのに、あんたは笹だんごを食べたいって、幸代にせがんで」

「あー……思い出しました」

そのとき、どうしても笹だんごが食べたかったのだろう。私は涙ながらに食べさせてくれと訴えたのだ。山の、中腹辺りで。

「幸代はこうと決めたことは絶対に曲げない。それなのに、あんたが食べたいって泣き叫ぶものだから、笹だんごを与えてしまったんだ。全部、僕のものだったのに」

「その節は、大変な失礼を」

「本当だよ」

そっと、もちづき君に笹だんごを差し出す。

「見た目も匂いも、幸代の笹だんごそのままだ」

「お祖母ちゃん直伝ですからね」

よもぎ粉も買ったものではなく、自家製だ。犬の散歩コースになっていない川辺で摘んだものである。

よもぎ粉は、乾燥させたよもぎをすり鉢で擂《す》って、オーブンで焼き、再びすり鉢で細かくして、ふるいにかけている。これも、祖母から習ったものである。

春は桜の塩漬け作りに、よもぎ摘みからよもぎ粉作りと、忙しい。裏庭の梅も収穫して梅干しを漬けなければならない。次から次へと、仕事は尽きないのだ。

もちづき君は笹を剥ぎ、だんごをパクリと食べた。飲み込んだあと、お茶をひと口。

「おいしい。昔と、変わらない味だ」

「よかったです」

お墨付きをもらえたので、お店に出しても問題ないだろう。

「そういえば、今日からシフォンケーキも始めるんだっけ？」

「はい」

佐々木さんから、イチゴをたくさん仕入れた。それを使って、イチゴのシフォンケーキを作ったのだ。

イチゴパウダーを混ぜたクリームをたっぷりと塗り、ルビーみたいなイチゴを飾る。盛り付けるときにもイチゴと、甘酸っぱいイチゴソースを添えるという、贅沢な一皿に仕上がっている。

和菓子だけでなく、洋菓子も始めたのは、お客さんから要望があったからだ。

「パティシエール特製のお菓子を食べたい、か」

「ありがたいお話です」

洋菓子の評判がよかったら、持ち帰り用のケーキやクッキーも作ってみたい。そんなことを考えていたら、なんだか楽しくなってしまった。

と、もちづき君と話し込んでいる場合ではない。お湯を沸かしたり、お店の前を掃除したりと、開店準備をしなければ。

「それでは、失礼します」

「ああ。しっかり働いてくれ」

「はい！」

店の外へ出て営業中の札をかけ、青空を振り返って背伸びをする。

今日は、どんなお客さんが来るだろうか。楽しみだ。

小さな町とはいえ、まだまだ知らない人ばかり。どんどん話しかけて、お店に興味を持ってもらいたい。

そのとき、お店の前を、一頭の犬が通り過ぎる。あれは、シーズー犬のマリーちゃんだ。紐を握っているのは、御年《おんとし》九十一にもなる、葵《あおい》お婆ちゃん。マリーちゃんの散歩を日課にしていて、たまにお店に立ち寄ってくれるのだ。

マリーちゃんはすぐに、私に気付いてくれた。

『あ、お母さん！　花乃ちゃんがいるよ！』

マリーちゃんはワンワンと鳴き、葵お婆ちゃんに私の存在を知らせようとしてくれる。しかし、葵お婆ちゃんは気付かない。

「こんにちは、今日はいいお天気ですね！」

私から声をかけても、やっぱり気付かなかった。

葵お婆ちゃんの耳が遠いわけではなく、単に私の存在感が薄いからなのだろう。

いきなり大きな声で話しかけたら驚かせてしまうし、この、存在感が薄い問題を、どう解決すればいいものか。

悩んでいたら、目の前でマリーちゃんが立ち止まってくれた。ここでやっと、葵お婆ちゃんは私に気付く。

「ど、どうも、こんにちは」

「おや、花乃ちゃんじゃないかい」

「こんにちは」

「こんにちは。今日は、いい天気だねえ。暖かいし、過ごしやすい一日になりそうだ」

「そうですね」

マリーちゃんがくんくんと鼻をひくつかせるので、葵お婆ちゃんも同じように匂いをかぐ。

「今日は、焼き菓子なのかい？」

「はい。イチゴのシフォンケーキを作ってみました」

「おいしそうだねえ。いただいていこうか」

「ありがとうございます。では、こちらへどうぞ」

庭に案内すると、いつもと様子が違っていて驚いた。なんと、日よけの野点傘《のだてがさ》が設置され、緋毛氈《ひもうせん》を敷いた腰掛け台が用意されていたのだ。江戸時代のおだんご屋さんみたいな雰囲気である。腰掛け台には背もたれがつけられていて、ゆっくり休めるよう座布団が縫いつけてあった。

近くにいたつごもりさんが、なにかを成し遂げたような表情でいるのに気付く。

「これ、つごもりさんが作ったのですか？」

私が尋ねると、つごもりさんは淡くはにかみながらコクリと頷く。

「おじいちゃんたち、おばあちゃんたち、背もたれないと、つらそう、だったから」

なんていい子なのか。頭をよしよししてあげたい。見た目は成人男性なのに、なぜか犬の姿で頑張って働いている姿が浮かんでしまったのだ。

つごもりさんは葵お婆ちゃんに手を貸し、腰掛け台に案内していた。

「はあー、背もたれがあると、楽だねえ。すてきなものを用意してくれて、ありがとうね」

その言葉を耳にしたつごもりさんは、耳を赤く染めて照れくさそうにしていた。

「それにしても、この前ここに来たのはいつだった……？」

「七日前でしょうか？」

「ああ、そうだ。マリーや。七日間も、散歩に行けなくて、ごめんねぇ。文句も言わないで付き添ってくれて、本当に、えらい子だよ」

具合が悪くて寝込んでいたらしい。葵お婆ちゃんはひとり暮らしなので、心配になってしまう。

「そういえば、半年前に入院していたとおっしゃっていましたよね。お体の具合は、大丈夫なのですか？」

「薬を飲んでいるから、大丈夫だよ」

病気は自分で診断できるものではない。不調を感じたら、病院に行ったほうがいいだろう。

「お医者様にはかかったのですか？」

「いいや、めまいがひどくて、疲れが取れなくってね。しばらく寝たら、治るんだよ」

二日に一度、デイケアの介護士が通っているので心配はいらないという。

「今日はこのとおり、元気！」

「よかったです」

「この町で、マリーと楽しく暮らすことが楽しみだから、ずっと元気でいないとねえ」

「そうですね」

よくよく見たら、顔色があまりよくない。本当に、大丈夫なのだろうか。でも、デイケアの介護士もいるし、なにか異変があったら気付くだろう。

「なんだか、お腹が空いたねえ」

「では、シフォンケーキとお茶を用意しますね。緑茶と紅茶がありますが、どちらにしますか？」

「紅茶を、頼むよ。砂糖は、ひと匙《さじ》だけ入れておくれ」

「かしこまりました」

お店に戻った瞬間、良夜さんがシフォンケーキと紅茶がのった盆を差し出す。

「わっ――準備が、いいですね」

「葵さんの声が聞こえた瞬間に、準備を始めたので」

「な、なるほど」

ありがたく受け取る。

「えっと、紅茶には――」

「砂糖をひと匙、入れています」

「どうしてわかったのですか？　葵お婆ちゃんが紅茶を頼むのは、初めてですよね？」

「以前、お店に来たときに、話していたのですよ。焼き菓子を食べるときには、砂糖をひと匙入れた紅茶を飲むとね」

「そうだったのですね」

まるで、店員の鑑《かがみ》のような記憶力だ。私も見習いたい。

「ぼんやりしていないで、早く届けてください」

「了解です」

庭に戻ると、マリーちゃんがつごもりさんに身を寄せていた。

『マリーは、つごもりさんのことが、好き……、すごく好き……！』

熱烈な告白をしている。つごもりさんは狛犬なので、どこか惹かれるところがあるのだろうか。人の目がないところで、マリーちゃんから恋の話を聞きたい。

「お待たせいたしました」

「ああ、ありがとうね」

腰掛け台にお盆ごと置くと、葵お婆ちゃんはタンポポが咲いたようなかわいらしい笑みを浮かべた。

「まあ、おいしそう。彩りが、とってもきれいだねえ」

「ありがとうございます」

着色料は一切使っていない、素材の味をふんだんに活かしたイチゴのシフォンケーキである。存分に、味わってほしい。
「こんなにきれいだと、手をつけるのが、もったいないねえ」
楽しそうにうっとりと眺める葵お婆ちゃんを見ていると、祖母にお菓子を持って
いった日の記憶がよみがえる。
あれは、パティシエールになったばかりの頃。毎日毎日雑用ばかりで、お菓子なん
て作らせてもらえなかった。
そんな中、祖母へのおみやげとして、シフォンケーキを作ったのだ。
チョコレートクリームでデコレーションしたシフォンケーキを見た祖母は、大喜び
してくれた。そのあと、困ったような表情で、食べるのがもったいない、ずっと見て
いたいと言い出したのだ。
また作ってくるからと約束したが、あの日以降、シフォンケーキを祖母に食べても
らう機会はなかった。仕事が忙しくなり、長期休暇も取れなくなったので、祖母と会
う暇もなくなってしまったから。
どうしてあの頃の私は、祖母よりも仕事のほうを優先していたのか。新幹線と電車
でたった二時間の距離である。一日しかない休みでも、会おうと思えば会えたのに。
祖母が「もう飽きてしまったよ」と言うまで、シフォンケーキを焼いて食べさせた
かった。けれど、それは叶わない。もう、祖母は亡くなってしまったから……。

シフォンケーキのおかげで感傷的になっていたが、マリーちゃんの鳴き声を聞いてハッとなる。聞いたことないくらいの、キャンキャンという甲高い鳴き方だった。

『おばあさん、いつもと〝におい〟がちがうよ！　どうして？　どうして？』

マリーちゃんは、葵お婆ちゃんの異変を感じ取っているようだ。

「うるさいねえ！」

葵お婆ちゃんは珍しく、イライラした様子でマリーちゃんを叱りつけた。

こんなふうに怒る姿は、初めてである。いつも、穏やかな人なのに……。

マリーちゃんは葵お婆ちゃんに叱られ、萎縮したようだ。私がどうしたのかと聞いても、答えてくれない。

「ごめんなさいねえ。ふだん、マリーは、こんなに鳴かないのに」

「そ、そうですよね。いつも、おしとやかで、品がある子ですし」

この騒ぎで、葵お婆ちゃんはすっかり食欲が失せてしまったようだ。シフォンケーキはお持ち帰り用に、包ませてもらった。

「せっかく用意してくれたのに、悪かったねえ」

「いいえ、そういう日も、あります」

葵お婆ちゃんは深々と会釈する。

「また、来るからねえ」

「はい。またのお越しを、お待ちしております」

つごもりさんは心配なようで、途中までついていくという。私はふたりと一匹のうしろ姿を見送った。

庭には、ひと口も飲まれなかった紅茶が放置されている。良夜さんが淹れてくれたのに、無駄になってしまった。せっかくなので、私がいただこう。

周囲にだれもいないことを確認してから席に腰掛け、紅茶をひと口飲んだ。

しかし紅茶の香り高い風味はすっかり消え、甘い味だけが口の中に残る代物と化していた。

人生甘くないのだよ、と言われているような気がして、ひとり傷ついてしまう。

「なにをサボっているのですか？」

「す、すみません」

良夜さんに見つかってしまった。手を差し出したので、紅茶を一気飲みしてから茶器を返す。

「茶器ではないです」

そう言って、良夜さんは私の手を掴み、立ち上がらせてくれた。

「騒がしくしていたようですが、なにがあったのですか？」

「そ、それは――」

マリーちゃんが急に吠え始め、葵お婆ちゃんは珍しく激昂《げっこう》した。そんな話を伝えていると、つごもりさんがしょんぼりしながら戻ってくる。家まで送ろうとしたが、断られてしまったらしい。

「葵お婆ちゃん、なんか、途中からいつもと感じが違っていましたね」

マリーちゃんが吠えるのがきっかけだったような気がする。

「あの犬は、なんと訴えていたのですか？」

「なんか、〝においが違う〟って、不思議がっていたようです」

「におい……？」

犬は人よりはるかに嗅覚が優れていると聞く。刺激臭であれば、人の一億倍も感知するようだ。

「でも、いつもとにおいが違うって、どういうことなのでしょうか？」

「見た目から、なにかわからなかったのですか？」

「いえ、なにも感じませんでした。ここ数日は、めまいがひどい上に、疲れも取れないから寝込んでいたとおっしゃっていましたが――」

見た目といえば、マリーちゃんを叱ったときに、まるで別人みたいだった。あんな葵お婆ちゃんは初めてである。

「別人みたいだった、ですか。まあ、人は機嫌によって態度を変えますからね」

「それは、まあ、そうですね」

でも、葵お婆ちゃんはマリーちゃんを、実のお孫さんのようにかわいがっていた。多少鳴いただけで、あのように怒るものだろうか？

「人の気持ちは……本人にしか、わからない」

「そ、そうですよね」

つごもりさんの言うとおりだ。動物のしゃべる言葉がわかっても、根本的な解決になっていない。いったい、どうしたものか。

皆で首をかしげていたとき、居間の障子が開き、もちづき君が姿を現す。そして縁側へとやってきて、庭へ降りてきた。

「話は聞かせてもらった。テレビっ子の視点から、意見させてもらおう」

テレビっ子の視点というのは、なんなのか。とりあえず、話を聞く。

「めまいがする、疲れが取れない、においがいつもと異なる、突然キレる――以上の症状から、低血糖ではないかと推測する」

「低血糖、ですか？」

「ああ。この前テレビで見た低血糖の前兆に似ている気がして」

低血糖というのは、血液の中のブドウ糖が低くなる状態である。原因はいくつかあるが、糖尿病の薬が効きすぎることで、低血糖を引き起こす可能性があるらしい。

「そういえば、葵お婆ちゃん、半年前に入院して、今もお薬を飲んでいると話していました」

もちづき君は顎に手を添えて「ふむ」と呟き、なにか考えるような仕草を取る。

「これもテレビで見たんだけれど、低血糖アラート犬、という犬がいるらしい」

「低血糖アラート犬、ですか」

「そう。なんでも、低血糖状態のにおいをかぎ分け、人間に教えてくれるんだ。通常は訓練した犬にしかできないが、マリーは四六時中お婆さんのそばにいたんだろう？ ふだんと異なる、異常なにおいだと思って、警告したのかもしれない」

あのマリーちゃんのあわてようは、においからなにかを感じ取ったのだろう。

加えて、葵お婆ちゃんが激昂したのも、低血糖に原因があるかもしれないようだ。

「人は糖分が切れると、イライラするって言うだろう？」

「確かに、耳にしたことがあります」

ということは、現在、葵お婆ちゃんは危険な状態にあるのだろう。

「大変！ 葵お婆ちゃんの家に、行かなくちゃ！」

「花乃！ 僕の外車を貸してあげよう」

「もちづき君、外車を持っているのですか？」

「ああ、まあな」

さすが、この地域を守護する神様である。私はペーパードライバーだが、一応免許は持っている。

車について考えると、どうしてかゾッと鳥肌が立った。けれど、今は気にしている場合ではない。葵お婆ちゃんの命の危機なのだ。もちづき君の外車があれば、一刻も早く、葵お婆ちゃんのもとへと駆けつけられるだろう。

「あれ、でも、どこに外車なんか停めているのですか？」

「ここだよ」

もちづき君が指差したのは、倉庫である。あそこは、農具や芝刈り機が入っているだけだが……？

良夜さんが、うやうやしく倉庫の中から出してきたのは、マウンテンバイクであった。

「あれが、僕の外車だ」

「……………」

本物かもわからない高級外車のエンブレムが、マウンテンバイクに取りつけられただけであった。

「その、外車は、どうしたのですか？」

「駄菓子屋の店主が、孫が乗らないからと、譲ってくれたんだ」

「そ、そうでしたか」

駄菓子屋の店主とは、山川《やまかわ》さんだろう。たしか、お孫さんは一番末っ子でも大学生だったような。小学生用のマウンテンバイクなので、小さくて乗れなかったのだろう。外車のエンブレムをつけたら、お孫さんが喜ぶと思ったのか。謎である。

「そんなことよりも、さあ、行け。満月大神の巫女、花乃！　外車にまたがって、老婆を救いに行くんだ！」

熱く叫ぶもちづき君の隣で、つごもりさんも自らの自転車にまたがっていた。

いつも漫画を買いに行くときだけに使われるものだ。しかし今日は、葵お婆ちゃんのもとへ一緒に行ってくれるらしい。

自転車に乗るなんて、小学生の高学年のとき以来だ。久々だが、乗れるものなのか。

「い、行ってまいります」

私より先に、つごもりさんが飛び出す。ぐんぐん走っていった。一方の私は、ヨロヨロしながらも、懸命にマウンテンバイクをこぐ。

やっとのことで、葵お婆ちゃんの家にたどり着いた。マリーちゃんの鳴き声が聞こえる。『おばあちゃんを助けて！』と必死で訴えていた。

家に入ると、倒れている葵お婆ちゃんの姿があった。つごもりさんは必死になって、声をかけている。

葵お婆ちゃんは顔面蒼白《そうはく》で、ガタガタと痙攣《けいれん》している。

「意識が、ない」

「救急車を呼びましょう！」

持ってきていたスマホで電話をかける。到着までに数十分かかるという。

その間に、なにかできるのか。

『これ、おばあちゃんに、あげて！　いつも、舐めてるやつ！』

マリーちゃんが持ってきたのは、粉末のブドウ糖だ。これで、血糖値を上げていたのだろう。意識がないが、どうやって与えたらいいのか。スマホで調べてみたら、唇や歯肉につける方法を発見する。

「葵お婆ちゃん、ちょっと失礼しますね」

さっそく、ブドウ糖を少量含ませると、もぐもぐと口元が動いた。

「ううっ……」

「葵お婆ちゃん、大丈夫ですか⁉」

私の呼びかけに、葵お婆ちゃんはうっすら瞼を開いた。

「さ、幸代ちゃんかい？　天国から、お迎えに、来てくれたんだねえ」

「幸代お祖母ちゃんではないです。孫の花乃です！　花乃！」

「ああ……てっきり……お迎えかと」

私は若い頃の祖母そっくりなので、勘違いをしてしまったのだろう。

意識は戻ったようだ。けれど、まだ油断ならない。

「花乃ちゃん……大丈夫、なのかい？」

大丈夫とは、お店のことだろうか。そんなことよりも、葵お婆ちゃんのほうが大事だ。お客さんが来たとしても、良夜さんがなんとかしてくれているだろう。

「救急車を呼んだので、もう少し、耐えてくださいね」

「ありがとうね。すっかり、世話になって」

「いえ……」

葵お婆ちゃんと祖母の姿を重ねてしまい、涙ぐんでしまう。

ふと、カレンダーで今日の日付を見たら、介護士の訪問日につけるマルがない。今日は来ない日だったらしい。

危なかった。私たちが駆けつけなければ、葵お婆ちゃんは家で倒れたまま、だれにも発見されなかったのだ。あのとき、マリーちゃんが吠えて知らせてくれなければ、違和感を持たなかっただろう。

「マリーちゃん、葵お婆ちゃんを守ってくれて、ありがとう」

頭を撫でてあげると、マリーちゃんは「くうん」と甘えた声で鳴いた。

三十分後に、救急車と救急隊員が駆けつけてくれた。待つ間、ハラハラしていたが、田舎なので仕方がない。

すぐに葵お婆ちゃんは担架に乗せられる。震えは止まらないようなので、病院での処置が必要だろう。

救急隊員のひとりが、まっすぐつごもりさんの前にやってきて、事情を問いかける。私のほうが手前にいたのに、素通りだった。そんなに、存在感がないものか。

それはさておいて。

葵お婆ちゃんのことは、救急隊員に任せる。私たちができるのは、ここまでだろう。幸い、運ばれる先の病院は、葵お婆ちゃんの主治医がいるようだ。家族への連絡もしてくれるだろう。

マリーちゃんが「きゅーん」という悲しげな声で鳴く。いつ、葵お婆ちゃんが帰ってこられるかわからない。それまでの間、うちで預かっておこう。

テーブルに、手紙を書き置く。マリーちゃんは狛犬カフェで預かっています、と。電話番号も一緒に添えておいた。

マリーちゃんと共に、家に帰る。空は曇天《どんてん》になっていた。まるで、私の気持ちを映し出しているようだった。

夕方に、葵お婆ちゃんのお孫さんがやってきた。ふっくら体型の、葵お婆ちゃんに雰囲気がよく似た優しそうな女性である。年の頃は四十代くらいか。

元気がなかったマリーちゃんは、尻尾を振って駆けていく。

「祖母とマリーが、大変お世話になりました」

葵お婆ちゃんは一カ月ほど入院するらしい。マリーちゃんはお孫さんが面倒を見てくれるようだ。

「本当に、ご迷惑をおかけしました。いつか、こうなるのではと、家族が話していたのですが……」

ご家族は電車で一時間離れた町に住んでいるようだ。一緒に住まないかと誘ったものの、葵お婆ちゃんは頷かなかったと。

「生まれ育ったこの町でしか暮らせないと、わがままを言っていて。介護士も毎日頼みたいという家族の願いすら、祖母には必要ないと断られてしまって」

「そう、だったのですね」

なんでも、亡くなった旦那さんと造った家を、手放したくなかったのだという。

「あの土地は地主さんから借りている土地で、だれも住まなくなったら、返さなければいけないみたいで……」

葵お婆ちゃんも私と同じく、思い出が残る家を守りたかったのかもしれない。介護士の派遣を断ったのは、おそらく家族に経済的な負担をかけさせないためだろう。

胸が、ぎゅっと締めつけられる。

「すみません、長々と話してしまって。あの、これからしばらく、私が祖母の家に住むので、お店にも訪問させていただきますね」

「あ、そう、なのですね。ご来店を、お待ちしております」

なんでも、お孫さんは最近離婚したようで、新居を探していたらしい。葵お婆ちゃんのことも心配なので、一緒に住もうかと考えていた矢先の出来事だったようだ。

「祖母が帰ってきても、私が支えますので」

その言葉を聞いて、安堵《あんど》する。

よかった。葵お婆ちゃんとマリーちゃんの暮らしを見守ってくれる人ができて。

お孫さんは会釈して帰っていく。そのうしろ姿を、つごもりさんと見送った。

その瞬間、手のひらにある満月大神の紋章が光った。

「うわっ！　な、なに？」

「お婆ちゃんの願いが、叶ったから」

「そ、そうなのですね」

葵お婆ちゃんの願いは、〝この町で、マリーと楽しく暮らすこと〟だったからだろう。

元気になったら、お孫さんと共に仲良く過ごしてほしい。

空を見上げると、先ほどまで太陽を覆っていた雲がどこかへ流れていった。

気持ちがいい晴天だ。

残りの営業時間も頑張ろうと、気合いを入れ直したのだった。

◇◇◇

その日の夜――月に一度の新月の晩となった。もちづき君が、姿を現せなくなる夜である。

四月の新月はなんとも思わなかったのに、今月は少しだけソワソワする。

私は意識していないうちに、満月大神の存在を心の支えに思っていたのかもしれない。昼間は漫画を読みながらテレビを見るというぐうたらぶりを発揮し、狛犬カフェは一切手伝わないのに……。本当に、不思議な存在だ。

夜間は月の満ち欠けによって、姿を変える。月が細ければ細いほど、幼い姿となる。

新月の前日は、赤ちゃんになっていた。精神はそのときの姿に引っ張られる。つまり、赤ちゃんとなった満月大神は、夜泣きをする上に「だあだあ」と言いながら無邪気に笑う、愛らしい存在となってしまうのだ。

主に、良夜さんが面倒を見てくれる。ゆりかごを前脚で揺らしながら、上手にあやす姿は〝おかん〟そのものだ。犬の姿なのに、母親に見えてしまうから不思議である。

逆に、満月の晩は、お爺ちゃんの姿となる。まるで浦島太郎《うらしまたろう》みたいに、髪の毛が真っ白になり、性格も穏やかになる。ただ、若者の姿のときと同じように夜通しドラマを見ようとするので、無理をしないようつごもりさんが監視していた。

と、このように、満月大神はさまざまな姿を見せてくれる。

毎晩のように振り回されているからか、新月の晩はなんだか寂しさを感じてしまう。

ひんやりと、冷たい風を感じる。五月なのに、夜は冷える。

庭に繋がる掃き出し窓が開いていた。縁側に、白い犬のうしろ姿を発見する。

あれは、良夜さんだ。月のない空を、ぼんやり眺めていた。

「良夜さん、まだ、寝ないのですか？」

『ええ……』

振り返らずに、答える。うしろ姿は、なんだか寂しそうだ。

「明日は繊月《せんげつ》なので、また赤ちゃんの姿ですね」

繊月というのは、繊維のように細い月が浮かぶ晩である。この前、良夜さんが教えてくれた。月にはそれぞれ、名前があるようだ。

「あの、満月大神の話を、聞かせていただけますか？」

夜は長い。月のない夜空を見上げるより、なにか話していただいたほうがいいだろう。

『なにを、話せばいいのですか？』

「では、良夜さんと満月大神の出会いを、聞かせてください」

『仕方がないですね』

そう言いながらも、うれしそうに生き生きと話し始める。

良夜さんは満月大神のことを、心から慕っているのだなと、改めて実感した夜だった。

第四章　災難は梅雨と共に訪れる

田植えのシーズンが終わったら、待っていましたとばかりに梅雨《つゆ》が訪れる。

じめじめとしていて、正直言って過ごしにくい。

今日ももちづき君が居間で叫ぶ。

「こら――！　良夜――！　ここに洗濯物を干すな――！　湿気でじめじめになっているぞ――！」

その苦情に、良夜さんは頭を下げて謝罪する。

「申し訳ありません、満月大神。エアコンがあるのは、お店とここの部屋だけゆえ」

そうなのだ。祖母の家に、エアコンはふたつしかない。あとの部屋は、夏は扇風機、冬はストーブを使い、暑さや寒さをしのいでいる。

洗濯物を干し終えた良夜さんは、エアコンを除湿モードにし、満足げに部屋を去る。

もちづき君がにらんでいたが、まるで気にする様子はない。さすが、この家の〝おかん〟である。なんというか、強い。

もちづき君は、うんざりとした様子でぼやいていた。

「雨は、嫌い。じめじめするし、うるさい」

たまに降る雨と、雨音は好きだが、こう毎日毎日雨だとうんざりしてしまう気持ちは、私も大いに理解できる。

加えて、雨だとお客さんの足も遠退《とおの》いてしまう。晴天の半分以下だろうか。お年寄りが多く暮らす町なので、仕方がない話ではあるが。

「花乃、今日のおやつを作ってくれ」

「はい、かしこまりました」

その言葉をきっかけに、私の一日が始まる。

今日はじめっとしているので、ひんやり喉越しがいいものを作ろう。

台所に行くと、つごもりさんがやってきて、ぽそぽそと小さな声で話しかけてくる。

「お菓子、作る？」

「はい。今日は水ようかんを作ろうかと」

つごもりさんが、小首をかしげる。

「どうかしましたか？」

「ようかんと、水ようかん、どう、違う？」

「簡単に言ったら、やわらかさ、ですかね」

「ああ……確かに、ようかんは固くて、水ようかんはやわらかい」

「そうなんです」

使う材料はまったく同じなのだが、ようかんと水ようかんは分量と作り方が異なる。

「ようかんは、あんこを煮詰め、練りながら仕上げていくんです」

すると、どっしりとして濃厚な味わいに仕上がる。

「水ようかんは、寒天の量を減らす代わりに、水を増やします。すると、さっぱりとした仕上がりになるんです」

「なるほど」

ちなみに、ようかんにはもうひとつ種類がある。蒸しようかんだ。これが、元祖ようかんと言えばいいのか。

栗の甘露煮をたっぷり入れた蒸しようかんは、大変美味である。秋の栗のシーズンになると、祖母が毎年作ってくれたのを思い出した。

寒い日はようかんと温かいお茶をまったりと食べたいが、暑い日は冷えた麦茶と水ようかんをツルリと食べたい。そんなわけで、本日のお菓子は水ようかんに決定した。

「では、作りましょうか！」

つごもりさんは、コクンと頷いてくれた。

まず、鍋に水を張り、粉寒天を加えてくるくる混ぜる。鍋を火にかけて、途中で砂糖を入れる。そうしてゆっくりゆっくりと、溶かしていくのだ。この作業は、つごもりさんに任せておく。

その間に、昨日仕込んでおいたこしあんを温め、塩を加えて混ぜる。これを、粉寒天の鍋に入れて、丁寧に溶かしていく。

こしあんが溶けたら火を止め、水を張った大きなボウルに鍋を入れて冷やす。ここでしっかり冷やしておかないと、固めるときに分離してしまう。

冷えたら、カップにひとつひとつ流し込み、一時間程度冷やしたら完成だ。

十一時の開店に間に合いそうで、ホッと安堵の息を吐く。

一時間後、もちづき君に持っていった。もちろん、氷が入った麦茶を添えて。

「あー、やっとできたんだ？　ねえ、ここの部屋、ムシムシしているでしょう？」

そんなもちづき君の近くでは、扇風機が最大風力で稼働していた。その状態で漫画が読めるのだろうか。気になるところである。

「水ようかんと、麦茶です」

「さすが花乃だ。こういう日のおやつを、よくわかっている」

すぐにもちづき君はスプーンを握り、水ようかんを食べた。

「あー、ひんやりしていて、ツルンと喉越しもよく、味わいはさっぱり。暑い日は、これに限るね！」

お口に合ったようで、なによりである。

「洋菓子はなにを作ったの？」

「スモモのシャーベットです」

「ちょっと！　そっちもすぐに持ってきてよ」

「は、はあ。気が利かずに」

いつもは和菓子のチェックしかしないが、今日は洋菓子も食べるようだ。

カフェでは毎日、和菓子と洋菓子の両方を用意している。人気なのは和菓子のほうだけれど、最近は洋菓子も楽しみにしてくれるお客さんが多くなった。

スモモは都会のスーパーではあまり見かけない、ちょっぴり珍しい果物だ。佐々木さんの果樹園で作っているものを、お菓子用に買わせてもらった。甘酸っぱくて小さいけれど食べごたえがある、初夏が旬の果物である。

まず、もちづき君のところに届け、それからお店の掃除をしていたつごもりさんと、お風呂洗いをしていた良夜さんにも持っていく。

良夜さんはスモモのシャーベットに顔を顰《しか》めつつ、おかしなコメントをしてくれた。

「これ、なんですか？　鬼の血肉の氷菓？」

「違います。そんな物騒なものではありません。スモモのシャーベットです」

スモモは果肉まで赤いので、見事な色合いに仕上がる。確かに、赤鬼を彷彿《ほうふつ》する鮮やかすぎる色合いだ。

作り方は実にシンプル。スモモを半分に割って種を抜き、砂糖水と一緒に煮込む。煮汁が真っ赤になったらレモンを搾り、ミキサーに移してなめらかになるまで混ぜるのだ。それを保存容器に移し、混ぜては凍らせを繰り返す。こうして完成したシャーベットを、良夜さんへ差し出した。

「スモモのシャーベットですか。初めてです」

良夜さんはシャーベットを受け取り、立ったままパクリと食べる。

「冷たくて、甘酸っぱい、ですね」

「ええ。私、シャーベットの中で、一番スモモが好きなんです」

祖母が作ってくれた、思い出の味でもある。私がアイスクリームを食べたいと言ったら、近所の若奥様に相談して作ってくれたのだ。

「そこで、お店に買いに行かないところが、幸代らしいですね」

「そうですね。私のために、なんでも作ってあげたかったみたいです」

なんだか、自慢のようになる。案の定、ジロリとにらまれてしまった。

「幸代は本当に、あなたのことをかわいがっていましたね」

母親がいなかったので、気の毒に思っていたのもあるのだろう。けれど、自分で言うのもなんだが、祖母と孫という関係以上の愛情をかけてもらった。

「なんていうか、かわいい、孫娘だったみたいで」

「それ、自分で言います？」

「言っちゃいます」

そう返すと、良夜さんは笑った。バカバカしく思ったのかもしれない。しかし、初めて見せる笑顔である。

最近、やわらかい表情を見せてくれるなと思っていたけれど、まさか笑いかけてくれるなんて。

感動しているうちに、真顔に戻ってしまった。

「今、変なことを考えていませんでした？」

「気のせいかと」

そういうことにしておく。

十一時となり、狛犬カフェは開店となった。

最近は私も着物で接客している。着付けはできないので、通販で上下別の二部式着物を買った。着付けを知らなくても、驚くほど簡単に着られるのだ。

まずは、海苔《のり》巻きみたいにスカート部分を体に巻きつけ、そのあと上着を羽織る。最後にワンタッチ帯という、巻いて留めるだけの帯をつけたら完成。前掛けをかければ、それっぽく見える便利な着物なのだ。

一見して普通の着物のようだが、ポリエステル製なので、洗濯機でジャブジャブ洗えるのもポイントが高い。ありがとうございますと、着物メーカーに手と手を合わせて拝んでしまったくらいだ。

つごもりさんと良夜さんも着物姿なので、三人和装でそろえると、和カフェの雰囲気が深まる。常連のお客様にも「似合うよ」と好評だ。

着物の上から前掛けをかけて、気合い十分にお店にやってきたが、外からザーザーと雨音が聞こえる。大雨が降っているのだろう。

「あー、これは……」

「お客さん、来ない、かも」

つごもりさんがぽつりと言葉を返してくれる。

さっきまで雨が止んでいたのに、ピカッと外が光ったあと、どーん！と大きな雷が鳴る。

「ひゃっ……。お、大きな雷でしたね」

「雷神《らいじん》が、やってきた」

「雷の神様、ですか？」

つごもりさんは、コクリと頷いた。

「雷神は、日本各地にいる。隣町にも、奉られている」

「そうなのですね」

雷は〝神鳴り〟とも書くらしい。

「雷神は、雷から守ってくれたり、雷を鳴らしたりする」

「同一の雷神が、雷から守ったり、鳴らしたりする、ということですか？」

「そう。神様には、さまざまな面が存在する」

荒々しい面を荒魂《あらみたま》といい、穏やかな面を和魂《にぎみたま》、幸せをもたらす面を幸魂《さちみたま》、願望を成就させる面を奇魂《くしみたま》という。

「神様も、人と同じなんですね」

つごもりさんはそうだとばかりに、コクリと頷いた。

「それにしても、すごい雨ですね。こんな日に、お客さんなんて——」

そう口にした瞬間、ガラリとお店の扉が開かれる。突然のお客さんは、ずぶ濡れスーツ姿の若い男性だった。カッと目を開き、叫んだ。

「なんだ、この雨と雷は!?」

聞かれても困る、という言葉を呑み込んだ。

はきはきとした大きな声で、自分に自信があるのがありありとわかるような男性であった。

「いらっしゃいませ」

「私は客ではない」

冷たく言い放ちながら私の前をどんどん素通りし、椅子にどっかりと腰掛けると、濡れた前髪をかき上げる。

ここで、男性の容貌が明らかとなる。

ココアブラウンの髪に、キリリと涼しげな榛《はしばみ》色の瞳。スッと通った鼻筋に形が整った薄い唇と、日本人離れした美貌の持ち主だ。

年頃は二十代後半くらいか。前髪をかき上げる動作が、妙にサマになっていた。水も滴るいい男と言えばいいものか。

見とれてしまうほど顔が整っていたが、「ぶえっくしょい！」と盛大で残念なくしゃみを発して顔が歪む。

どこからともなく現れた良夜さんがバスタオルを持ってきて、お客さんに渡すようにと私に押しつけた。

「あの、どうぞ」

私がタオルを差し出すと、お客さんはびっくりした顔を返す。

「うわっ、君、どこから現れたんだよ!?」

大きな声に、私のほうが驚いてしまう。ただ立っていただけなのに、驚かれるのは日常茶飯事である。

「私は、ずっとここにいましたが」

「笑えない冗談はよしてくれ」

私の影の薄さはさておいて。このままでは風邪を引いてしまうだろう。

「温かいお茶か、コーヒーをご用意いたしましょうか?」

「いい。用事が済めばすぐに帰るから。それよりも、この前不在だった、ここの家主はいるのか?」

「家主、ですか?」

「そうだ——は、はっくっしょーい!」

残念なくしゃみをするこの男性は、いったい何者なのか。尊大な態度や、祖母の死を知らない点から推測して、祖母の親しい人物ではないだろう。

「家主とは、山田幸代のことですか?」

「ああ。彼女以外の家主がいたら、紹介してほしいが——」

「祖母は亡くなりました」

「は?」

「祖母幸代は、三月下旬に亡くなったんです」

「嘘だろう? 契約解除をしたくないから、そんな言い訳をしているのではないか?」

「言い訳に、身内の死を使うわけがないでしょう!」

初対面相手なのに、言葉がきつくなってしまった。祖母の死が嘘であればいいと今でも思うが、紛うかたなき現実だ。それを信じないなんて、あんまりだろう。

「わかった。信じる、信じるから……」

ドンと勢いよくテーブルにお冷やが置かれる。良夜さんが、持ってきてくれたようだ。なぜか、氷がたくさん入っていて、いつも以上に冷え冷えである。良夜さんは氷以上の冷ややかな視線で男性を見ながら、とんでもないひと言を発した。

「ぶぶ漬け食べて、一回死んでください」

「お、おい！　それ、ぶぶ漬けを出されたら今すぐ帰れって京都人《きょうと》のネタだろう？　死ねって初めて聞いたぞ!?　な、なんなんだ、この店は……!?　存在感がない店員がいたり、毒舌を吐く店員がいたり、まったくしゃべらない店員がいたり……！」

短時間の滞在でこれだけつっこみができるのは、ある意味才能があるのかもしれない。心の中で、拍手してしまった。

「あの、すみません。どちら様でしょうか？」

「この私を、知らないだと？」

男性はヤレヤレとあきれたように言い、もったいぶっている。

この町出身の売れない俳優とか？　それとも、テレビ出演している投資家とか？　育ちのよさは、なんとなく感じていた。

「私はだな——」

「新しい地主ですよ」

男性の言葉を遮り、良夜さんが教えてくれた。

前の地主は彼の祖父で、ここの土地を生前贈与されたらしい。地主一家はどこに住んでいるのか常々疑問に思っていたが、先代からはこの町ではなく、東京の白金《しろかね》のほうに住んでいるのだとか。

そんな込み入った事情を良夜さんが言ってしまったので、男性はガクリと肩透かしを食ったようなリアクションをとっている。

「な、なぜ、先に言う？　この私が、直接言おうと思っていたのに！」

「もったいぶるような情報でもないでしょう」

良夜さんに向かってグルグルと唸る男性だったが、素早く立ち直る。そしてテーブルに名刺を置いて、「こういう者だ」と胸を張った。

「不動産コンサルティングマスター……？」

よくわからない職業の下に、名前が書かれている。鷹司颯太《たかつかさそうた》、と。どうやら、日本人らしい。身内に外国の方がいらっしゃるのだろうか。見た目は完全に外国人寄りである。

「私は、不動産のプロフェッショナルだ。この土地を有効活用したく、やってきた」

一族で経営している不動産関係の会社に勤めているらしい。いろいろとわかったところで、改めて質問を受ける。

「さっそくだが、今、この家の権利はだれが持っているのだ？」

「私の父です」

「ということは、君は山田幸代の孫娘、というわけか」

「はい」

「不思議だな……」

「なにが、不思議なのでしょうか？」

「いや、いい。私の気のせいだろう」

もう一度、「ふぇっくしょい！」と残念なくしゃみを挟みつつ、鷹司さんは話を続けようとする。

「あの、一回お帰りになって、温かいお風呂に入ったほうがいいかと」

「断る！　そんなことを言って、また私との契約から、逃れる気だろうが！」

「契約というのは？　祖母からはなにも聞いていないのですが」

「なんだと？」

つごもりさんと良夜さんを見る。ふたりも、なにも知らないとばかりに首を横に振っていた。

「契約とは、どういった内容なのでしょうか？」

「これだ」

鷹司さんが差し出したのは、とんでもない書類だった。

「リゾート化、計画!?」

「ああ、そうだ。ここら一帯を更地にして、キャンプ場を作る計画を立てている。ここはきれいな夕日と星と月が見えるすばらしいスポットだ。ここのジジババだけで楽しむには、あまりにも惜しい」

言葉を、失ってしまう。まさかこの町に、リゾート化計画があったなんて。

「早く立ち退いてくれないと、困るのだ。来年には、工事に着手した――」

目の前にあった書類がなくなった。鷹司さんの手から取り上げ、ぐしゃぐしゃにしたのは、つごもりさんだった。

「帰れ」

「は?」

「帰れと、言っている!」

珍しく、大きな声で牽制《けんせい》していた。その隣に、良夜さんも並ぶ。

「この男を、あまり怒らせないほうがいいですよ。私より、凶暴ですので」

そのひと言を聞いた鷹司さんは、立ち上がる。スタスタと扉まで歩き、振り返って捨て台詞《ぜりふ》を残した。

「また、来るからな! 覚えておけ!」

そして大雨の中、走って帰っていった。なんというか、意外と、物わかりはいいらしい。

安心したら、情けないことに、膝の力が抜けてしまう。ガクンと、その場にくずおれてしまった。

「大丈夫ですか!?」

「え、ええ、まあ……」

鷹司さんは、今日のところは大人しく帰ってくれた。けれど、リゾート化計画をあきらめたわけではないだろう。これからどうしたらいいものか。頭を抱えてしまう。

雨は、止みそうにない。ザーザーと、降り注いでいる。

心の中に不安が降り積もっていくような、激しい雨だった。

◇◇◇

閉店後、ぼんやりしていたら、つごもりさんより、『夕食の支度ができた……みたい』と声がかかる。

扉を開くと、短毛の黒い犬が顔を覗かせる。

『具合が悪い?』

「いえ、大丈夫です」

暗い気持ちになっていたが、いつまでも落ち込んでいられないだろう。
ここで、ふと気付く。
つごもりさんが背中にゆりかごを背負っていることを。
その中には赤ちゃんの姿になった満月大神が寝かされていて、愛らしい笑顔を、に
こーっと私に向けてくれた。あまりのかわいさに、憂鬱な気持ちが吹き飛んでしまう。
台所へ向かうと、悔しそうにグルグル唸っている良夜さんを発見した。
『せっかく料理は完成させたのに、盛り付けができないなんて!!』
料理の途中に犬化してしまったらしい。
ちなみに、つごもりさんは裸にゆりかごを背負った状態で待機していたのだとか。
「は、裸で待機、ですか!?」
思わず、笑ってしまった。
『犬化したら、ゆりかご、背負えないから』
「ですよね」
ちなみに赤ちゃん姿の満月大神は、つごもりさんが伏せの姿勢をとったら、自分か
らゆりかごの中に入ってきたらしい。なんてできる赤ちゃんなのか。
にこにこ眺めていたが、ハッと我に返る。満月大神が赤ちゃんの姿ということは、
今日の夕食は私ひとりだけだ。

調理台を覗き込むと、なんと、ローストビーフがあった。こんなの、クリスマスや誕生日などの特別な日しか食べない。付け合わせに、フライドポテトまである。至れり尽くせりだ。

『嫌なことがあったから、ごちそうを作ったのに!!』

「良夜さん、もしかして、私のためだけに作ってくれたのですか？」

『あなたのためだけではありませんよ。明日の朝食に、満月大神にローストビーフ丼をお出しするための、ついでです！』

良夜さんはもふもふの尻尾を左右に振りながら、早口でまくし立てていた。照れ隠しというのは、一目瞭然であった。

「それにしても、朝からローストビーフ丼……！」

『満月大神は、ステーキでもラーメンでもお寿司でも、朝から食べられる強靭《きょうじん》な胃をお持ちです』

「さすが、神様です」

良夜さんは洋食が得意で、フランス料理からイタリア料理、ロシア料理まで、さまざまな国の料理を作ってくれる。すべて、レストランレベルのものが出てくるのだ。

狛犬カフェではなく、狛犬レストランのほうが儲《もう》かるのではと、真剣に考えてしまった。

ローストビーフのソースは、タマネギと醤油、ワサビで作った和風ソースみたいだ。

『ご飯と一緒に食べるローストビーフなんです』

「さすがです！」

日本人なので、どうしてもご飯が食べたくなってしまう。その願望を叶えたローストビーフのようだ。

「では、ちょびっとだけいただきますね」

『半分はあなたの分なので、しっかり食べてくださいね』

「いや、半分は、多すぎるような？」

『そんなことを言っているから、なんちゃってコンサルティングマスターとやらにいろいろ言われて、腰を抜かしてしまうのですよ！』

「うっ……！」

そうは言っても半分は多い。三分の一いただいて、残りは冷凍庫に保存しておこう。

居間に運び、手と手を合わせていただきますをする。まずは、ひと口。

「んんっ！」

驚くほどやわらかくて、これがまた、良夜さん特製ソースとよく合う。おいしくて、どんどんパクパク食べてしまった。

レストランよりも、ローストビーフ丼専門店を出したほうがいい。瞬く間に、行列ができるお店になるだろう。

食後、赤ちゃんとなった満月大神が「ふええ……！」と泣き始める。つごもりさんは体を左右に揺らし、良夜さんがあやしていた。

大きな犬と小さな犬が赤ちゃんをあやしているなんて、かわいいにもほどがある。

途中、満月大神が足を激しくばたつかせてつごもりさんの背中にダメージを与えたり、良夜さんの耳を引っ張ったりしても、怒る気配はまったくない。なんて優しいもふもふたちなのか。

心癒されてしまった。


翌日、もちづき君は愛らしい赤ちゃんの姿から、いつもの尊大な美少年に戻っていた。すでに今日読む漫画をテーブルの上に積んでいて、それを、良夜さんはどかして朝食の準備をする。

「あ、ちょっと良夜！　その漫画、巻数ごとにきれいに積んであるんだけれど！」

「朝食のあと、整えますので」

問答無用で漫画を片付ける様子は、おかんそのものだろう。今日は彼が、朝食当番なのだ。

昨晩の宣言どおり、もちづき君に朝からローストビーフ丼を出していた。七味唐辛子を振った温泉卵も別に添えてあった。

驚いたことに、ローストビーフで薔薇《ばら》の形を作ってある。いったい、どうやって形を整えたのだろうか。なんというか、芸術だ。

「へえ、これ、良夜が作ったの？　すごいじゃん」

もちづき君が褒めると、クールな良夜さんは頬を染め、恥ずかしそうに目を伏せる。こういうところが、彼のかわいいところだろう。

「その、昨晩の夕食として作ったのですが、満月大神は赤子の姿でしたので」

「ああ、そうだったね。あんまり、覚えていないけれど。花乃が、孫が大好きすぎるジジババみたいな笑顔で僕を見ていたことだけは、記憶に残っているよ」

「それは、覚えていなくていいものですよ……。良夜さんのローストビーフ、本当においしかったので、じっくり味わってくださいな」

昨日食べたローストビーフは、本当においしかった。しっとりやわらかで、噛むとお肉の旨味がじゅわ〜〜っとあふれてきて。幸せってこんな味なんだと、しみじみ思ってしまったくらいだ。だがしかし、いくらおいしくても、朝からローストビーフはちょっと重たすぎる……という感じである。

私とつごもりさんには、フレンチトーストのホイップクリーム添え、ゆで卵とサラダ、半分にカットしたグレープフルーツに、バナナ入りのヨーグルト、それからロイヤルミルクティーを用意してくれた。なんだかカフェで食べるオシャレな朝食のようだった。

もちづき君は、山盛りのローストビーフ丼をペロリと平らげていた。朝から絶好調である。

つごもりさんは、フレンチトーストを幸せそうに頬張っていた。たくさんお食べと声をかけたくなる。

良夜さんはキビキビと食べ終え、洗濯物をすると言っていなくなった。

私がすると言っても、洗濯だけは譲ってくれない。なんでも、洗剤や柔軟剤の分量、干し方などにこだわりがあるのだとか。勝手にすると怒られてしまうので、完全に彼に任せた状態となっていた。

「花乃、今日はなにを出すの？」

「紫陽花《あじさい》杏仁豆腐《あんにんどうふ》です」

「なにそれ？」

「今、お持ちしますね」

昨日仕込んでおいたので、すぐに出せる。

グラスに流し込んで固めた杏仁豆腐に、四角くカットしたブドウゼリーやモモゼリーをのせ、ミントの葉を添えた。

「お待たせしました。紫陽花杏仁豆腐です」

「へー、きれいじゃん」

さっそく、お褒めの言葉をいただく。

もちづき君はスプーンでゼリーと杏仁豆腐をすくい、パクリと食べた。

「ゼリーの酸味と、杏仁豆腐の濃厚な風味がよく合うね。いいんじゃない?」

「よかったです」

お墨付きをもらい、ホッと胸を撫で下ろす。

ほんわかした空気の中、良夜さんが洗濯物を持ってやってきた。

「げっ、また、ここに洗濯物を干すの?」

「今日も雨ですので」

そうなのだ。残念ながら、本日も雨がザーザーと降っている。おそらく、お客さんは少ない、もしくはだれも来ないだろう。

「花乃、安心しろ。客が来なければ、紫陽花杏仁豆腐は僕がすべて食べてやるから」

「あ、ありがとう、ございます」

もちづき君はそんなことを言ったが、現実問題、収入がないと困るだろう。

だれでもいい。お客さんよ、来てくれ。

そんなことを願ってしまったからか、〝招かれざる客〟が来てしまった。

「なんだ、この雨は⁉」

そんな第一声と共にやってきたのは、地主である鷹司さんだ。

今日はレインコート姿で現れた。昨日、びしょ濡れになったからだろう。

それにしても、まさか今日も来るとは。雨に濡れて風邪でも引いてしまったのではと心配していたが、ご覧のとおりピンピンしている。ホッとしていいのか、悪いのか、よくわからなかった。

「あ、えっと、いらっしゃいませ」

「むむっ！　山田幸代の孫娘、そんなところにいたのか。驚いた」

「すみません」

「もっと、存在感を示しておいたほうがいい」

「いや、それが、なかなか難しくて、ですね」

「ふむ。どうすればいいものか」

鷹司さんは、真剣に私が存在感を示す方法を考えてくれているようだ。きっと、悪い人ではないのだろう。

「前の職場でも、存在感がなくてその場にいないと思われたことがあり、座敷わらしのようだとも言われていまして」

「座敷わらし、か。善き存在ではあるが、生きている人に使う言葉では、ないだろう」

「ええ、そうですね」

「そういうのは、きちんと拒絶したほうがいい」

なぜ、会って間もない人に説教されないといけないのか。

ふだんならばスルーするのに、今日はどうしてかムッとしてしまった。おまけに、言い返してしまう。

「別に、いいじゃないですか。私がどう呼ばれようが」

「よくない。名前は、大事なものだ。それに、そうやって自分を雑に扱うと、相手もお前を雑に扱うんだからな。尊厳は、だれも守ってくれない。自分で守らなければ、いつの間にかすり減って、なくなってしまうのだよ」

鷹司さんの言葉に、頭を鉄のハンマーでガンと殴られたような感覚となる。

彼の言うとおりだ。私は、周囲に軽んじられて、雑に扱われていた……ような気がする。

「しかし、えらいぞ。座敷わらしと呼ばれていたのは前の職場、ということは、そこから抜け出してきたんだな」

「え、ええ」

「これからは、きちんと自分を守るように」

尊大な様子で言い、鷹司さんは懐からなにかを取り出す。

ちりんと、涼やかな音が鳴った。赤い飾り紐がついた、かわいらしい金色の鈴だ。

「これは？」

「邪祓いの鈴だ。これを帯にでもつけて、リンリンと鳴らしておけ。存在感が増すだろう」

「えっと、私に、くださるというのでしょうか？」

「それ以外になにがあるんだ」

昨日知り合ったばかりなのに、こういうものをくれる人なんて、あまりいないだろう。それとなく、警戒してしまう。土地を手にするために、懐柔しようとしているのかと思ってしまったのだ。

「どうした？」

「あ、いや、その、いただいて、いいものかなと」

「受け取ればいいいじゃないか」

「しかし……」

「なにをためらっているのだ？」

突然の厚意を疑っていることに気付いたのだろうか。鷹司さんは急に真面目な顔になり、低い声で話し始める。

「あまり、他人には言いたくないのだが、私は、霊感がある」

「霊感って、幽霊が見えるのですか?」

「まあ、そうだな。私の場合は、悪いものを感じ取るんだ。なんというか、君は……」

鷹司さんはしばしのためらいのあと、私に言った。

「正直、いい状態ではないだろう」

「えっ?」

「一度でも知り合い、言葉を交わした者が悪い目に遭うのは、正直、いただけない。だから、頼む。黙って受け取ってくれ」

いい状態ではないとは、どういうことなのか。詳しく聞きたかったが、私から感じるモヤモヤとしたものは言葉にできないと返されてしまう。

「とにかく、その鈴は、霊験あらたかな鈴だ。身につけていたら、災難を遠ざけるだろう」

「そ、そうですか。貴重な品を、ありがとうございます」

他意はないようなので、ありがたくいただいておく。すぐに、帯につけた。

これで大丈夫だと思いきや、続けてカードが差し出される。

「知り合いの、寺の住職の連絡先だ。困った事態になったら連絡するといい」

お寺の住職の連絡先が印刷された名刺を受け取る。ふだんから、紹介して回っているのだろうか。うちは神道なので、寺のお世話になることは一度もなかったが……。

「あ、すみません。立ち話をしてしまって」

「別にかまわない。この書類に署名でもしてくれたら」

「いえ、私はここの契約者ではないので」

「父君がそうだと、言っていたな？　父君は、今日は仕事か？」

「ええ。海外に出張に行っているかと」

「は!?」

「すみません。年がら年中、国内海外問わずに飛び回っている職業でして、お正月くらいにしか、この家に帰ってこないかと」

「なんだと!?　そんなの、聞いていないぞ!!」

鷹司さんは近くにあった椅子にどっかりと座り、不遜な態度で叫んだ。

「茶を持ってこい！　私は客だ！」

ここで、奥の部屋から良夜さんがスタスタとやってきて、氷しか入っていないグラスを鷹司さんに差し出しながら言った。

「一回死んで、転生してから出直してください」

「は!?　おい、なんだ、その態度は!?」

「同じお言葉を、そっくりそのままお返しします」

鷹司さんは「うがー！」と叫び、水を飲もうとしたが氷しか入っていないことに気付いて憤る。

「水が、ない!!　この店の店員は、どうなっているんだ!!」

怒る鷹司さんに、良夜さんは辛辣に返した。

「外に降っているので、水が欲しかったら注ぎに行ってはいかがでしょう?」

「この私に、雨水を飲めと?」

「はい」

「はいって、おいおい!!」

鷹司さんはテンポよくつっこんでくれる。笑いそうになるが、笑ったらふたりににらまれてしまうだろう。奥歯を噛みしめ、ぐっと耐えた。

ふと、背後に人の気配を感じる。振り返った先にいたのは、つごもりさんだった。

じっとりとした目で、鷹司さんをにらんでいた。

飛びかからないよう話しかける。

「つごもりさん、あの人は、悪い人ではないです」

「でも、この家、取り壊すって、言っている。絶対、悪いやつ」

昔からある家を取り壊して、リゾート地にするというのは、突拍子もない考えだ。

契約を解除しないと表明しているのは、きっと私たちだけではないだろう。

「犬の姿に戻って、ちょっと噛んでみる。そうしたら、ここに来なくなるかも」

「ちょっとでも、噛みつくのはダメです」

「だったら、服をビリビリに、破いてやる」

「それもダメですよ」

良夜さんとつごもりさんは人ではない。狛犬だ。ふだん仲良く暮らしていても、異なる考えを持った存在であると、感じてしまう瞬間はあった。

私は人の理の中で生きていて、狛犬であるふたりは神使としての理の中で存在している。どうしても、わかり合えない点はあるだろう。

今、私ができることは、ひとつしかない。

「赦《ゆる》せない……この家を、取り壊そうとするものは、絶対に、赦せない。やっぱり、バキバキに、噛みついて――」

つごもりさんのほっぺを、思いっきり引っ張った。そして、強めの口調で止める。

「噛みつくのは、ダメです!!」

つごもりさんは、目をまん丸にして私を見る。それから素直にコクコクと頷いてくれた。

わかってくれたのだろうか。そう思い、すぐに手を離す。

「すみません。痛かったですよね？」

「でも、俺が噛んだら、もっと痛い？」

「そうですね。痛いです。人は、牙がありません。代わりに、話し合うんです」

「うん」

「だから、鷹司さんと、少し、話してみますね」

「わかった」

納得してくれて、よかった。

あとは、火花をバチバチ散らしている、良夜さんと鷹司さんを離さなければ。

「あの、ちょっと、いいですか？」

「なんですか？　邪魔しないでください」

「そうだ。今、私はこの男と、尊厳をかけた勝負をしている！」

「一度、詳しくお話を聞かせてもらえたらなと」

「ふむ。だったら、近くのレストランにでも行こう。この辺りで、予約なしで入れる店はあるだろうか？」

「ないです」

そもそも、この町にはレストランどころか、スーパーすらない。

「最寄りのレストランは、ここから車で二時間走った先にあります」

「そう、だったな。失念していた」

鷹司さんはしょんぼりと肩を落とす。この土地については、いろいろ調べていたようだ。ただ、実際に歩き回っていないせいか、スーパーやレストランがないというのを実感していなかったのだろう。

彼には、もっとこの町について知ってもらう必要がある。最適な方法があるので、提案してみた。

「朝からなにも食べていないので、空腹なのだが」

「あの、よろしかったら、私がなにか作りましょうか？」

「君が、手料理をふるまってくれるというのか？」

「はい」

「まあ、そうだな。どうしてもと言うのであれば」

良夜さんは舌打ちし、つごもりさんはジロリとにらみつけている。しかし鷹司さんは、まったく気付いていない。

「では、奥のお座敷でお待ちになっていてください。一時間くらいで、できあがると思うので」

「わかった。その間に、仕事でもしておこう」

良夜さんやつごもりさんがなにか言いたげだったが、聞かずに走って台所へ向かった。ひとまず、ご飯を炊こう。その前に、下ごしらえだ。

冷凍庫の中から、タケノコの水煮を取り出す。葵お婆ちゃんのお孫さんが、山で採ってきたものを分けてもらったのだ。

解凍したタケノコをいちょう切りにして、油揚げはお湯をかけて油抜きをして一センチ間隔で切る。

炊飯釜に研いだ米を入れ、醤油、みりん、料理酒、出汁、タケノコに油揚げの順で入れた。あとは、早炊きモードで炊くだけ。

二品目は、近所の無人八百屋で購入した、エンドウ豆を使う。

まず、剥いたエンドウ豆を塩水に十分間浸けておく。その間に、出汁に砂糖、みりん、塩を加えたものを作る。

塩に浸けていたエンドウ豆を、別の鍋で煮る。火が通ったら、鍋からあげてぬるま湯に浸ける。これは、エンドウ豆の表皮に皺が寄らないようにするため。その後、冷水に浸けて、色止めをする。そうすると、鮮やかな色のまま提供できるのだ。

透明のグラスにエンドウ豆を入れ、出汁を注いだら、〝サヤエンドウの翡翠煮《ひすいに》〟の完成だ。

味噌汁は、畑で採れたカブを使った。きっと、おいしいだろう。

続いて、冷蔵庫の中から鶏胸肉を取り出す。塩コショウで下味をつけて、小麦粉を全体に振っておく。

揚げ油を温めている間に、タレを作る。耐熱皿に醤油と酢、砂糖、唐辛子を入れて混ぜ、レンジで一分間温める。

油が温まったら、卵に潜らせた鶏胸肉を、ジュワジュワと勢いよく揚げていく。

油の状態を気にしつつ、必要なタルタルソースも作る。朝、良夜さんが作ったゆで卵の残りを使わせてもらった。ゆで卵とタマネギ、キュウリをみじん切りにし、マヨネーズと酢、塩コショウ、砂糖、パセリを混ぜ合わせる。

油から上げた鶏胸肉を、醤油ベースのタレに絡ませ、ひと口大に切ってお皿に盛り付けた。仕上げに、タルタルソースをたっぷりかけたら、〝チキン南蛮《なんばん》〟の完成だ。

チキン南蛮は祖母が宮崎《みやざき》旅行に行ったとき、あまりのおいしさに感動し、研究したのちに完成した一品である。私の大好物でもあった。

タケノコご飯も炊き上がっていた。ちょうど、いい感じに蒸れた頃だろう。

ここで、良夜さんとつごもりさんがやってきた。

「手伝います」

「俺も」

完成した料理を、鷹司さんのいるお座敷に運んだら、テーブルは書類まみれになっていた。

「ああ、すまない。もう、そんな時間だったか」

眼鏡をかけた鷹司さんは、あわてた様子でテーブルを片付ける。

カフェのあまり大きくないテーブルの上に、ぎっしりと料理を並べた。

「この短時間で、これだけの料理を作ったのは見事だ」

「元パティシエールですので、手際よく料理をするのは得意なんです」

「そうか。パティシエールだったのだな」

まさか地主とこうやって、顔を突き合わせて食事をする日がくるとは思いもしなかった。とにかく、今はこの地について知ってもらわなければならないだろう。

鷹司さんは手と手を合わせ、「いただきます」と言って箸を握る。

「なんだ、これは？」

そう言って不思議そうに見つめているのは、エンドウ豆の翡翠煮である。

「エンドウ豆をもっとも美しく、おいしくいただける料理です」

「初めて見たな」

鷹司さんは器用にお箸でエンドウ豆を摘まみ、パクリと食べる。

「こ、これは、うまい！　エンドウ豆を噛んだら薄い膜が弾け、たっぷり出汁を含んだエンドウ豆が口の中に広がる！」

そのまま食べてもおいしいし、炊きたてのご飯に混ぜてもおいしい。旬の今しか食べられない、初夏のごちそうである。

他の料理も、いちいち感動したようなコメントを残しつつ食べてくれた。これだけ反応してくれたら、作りがいもあるというもの。

「これだけ素材の味を尊重し、丁寧かつおいしく仕上げた料理は、久々に食べた気がする」

「そのように言っていただけると、とても、うれしく思います。この土地で採れた、新鮮な食材ばかりです」

「そう、か……」

鷹司さんは瞬時に察してくれた。これらの料理は、リゾート化してしまったら、食べられなくなるものばかりである。

ここで、本題へと移った。

「鷹司さんは、どうしてこの地を、リゾート地にしようと思ったのですか？」

「人がいないからだ。この町は人口がどんどん減っている」

一枚の書類を出して見せてくれた。それは、この町の人口の推移が書かれたものだった。明らかに、年々右肩下がりとなっている。

「十年前、この町には二千三百人、八百五十世帯が住んでいた。十年経ち、現在の人口は千人以下だ。住民の平均年齢は五十代後半。十年後、この土地は、どうなっているのか、想像は難しくないだろう？」

ぐうの音も出ないほどのド正論だ。確かに、若い人や子どもをあまり見かけなくなったなと思っていたが、想像以上に過疎《かそ》化が進んでいたようだ。

「学校はあるものの、クラスに生徒はひとりかふたり。スーパーや書店、家電量販店などの店は車で一時間半から二時間走った先にしかない。町の唯一の店である駄菓子屋も不定休。雇用は限られていて、娯楽もなく、住民は古い考えの者ばかり。だれが、この町で暮らしたいと思うだろうか?」

どうにかして、この町を変えたい。そのきっかけが、リゾート化計画なのだという。

「以前も話したとおり、私はこの町になにもないとは考えていない。美しい夕日に星や月、豊かな自然は、大いに自慢してもいいだろう。それを最大限に活かせるものが、ここをキャンプ地にすることなのだ」

今、若者の間でキャンプが盛り上がっている。この静かな土地は、都会の喧噪《けんそう》を忘れ、ゆったりのんびりできる最適な場所になるのだろう。

「今、手入れが行き届いていない田畑も多い。そこから害虫や雑草が増えた結果、周囲の田畑にも悪影響を及ぼしている。鳥獣の被害だって、十年前よりずっと増えている。早急に対策を取らなければ、いずれ大変な目に遭う」

確かに、雑草が生え広がった田んぼや畑をよく見かけるようになった。それでも、放置されているわけではないので、土地の契約を強制的に終わらせるのは難しいのだろう。

　鳥獣の被害だって、無視できない。カラスやスズメの鳴き声は騒音レベルだと思うほどだ。糞《ふん》が洗濯物に付着していることも、珍しくないと聞く。

　野生のイノシシやシカも目撃情報が増えた。最近では、クマもひょっこり顔を出す日もあると聞く。

「本当に、もったいないのひと言なんだ。この町は、土地をもてあましている！」

　鷹司さんは熱く語っていた。町についていろいろ考えた結果、リゾート化しようとしていたわけだ。

「住民説明会も何回か開催したが、だれも来やしない！」

「それは、そうでしょうね。この土地に思い入れがある人ばかりですから」

　私もその中のひとりで、詳しく話を聞いたからといってすぐには賛同できない。

「ここの町の者たちは、町の未来について考えていない」

「そ、それは……」

　十年もしたら、きっと、人口はさらに減っているだろう。私は、人が少なくなったこの町でなにをしているのだろうか。深く考えると、怖くなってしまう。

「確かに、人口の減少は、恐怖、ですね」

「だろう？　町の者たちは、打開策を考えていると思うか？」

「それは——」

言葉を失ってしまう。

私はこの町を、祖母が守った家を、心から愛している。失いたくもない。

近い将来、どうなるかまではまったく考えていなかった。

「突然言われても、先の未来まで考える余裕がない人が多数だと思います。私自身、毎日生活するだけでも、精一杯ですから」

町に住む者たちと、鷹司さんとの間には、大きな価値観の違いがあるのだろう。だから、わかり合えない。

「必要なのは、相手の心情を慮《おもんぱか》ること、だと思うのです」

「たとえば？」

「た、たとえばと言われますと、困ってしまうのですが。えっと、その……鷹司さんが町の者に対して、なぜ未来を考えず、立ち退かないのかと疑問を持つのと同じくらい、なぜリゾート化するのかと疑問に思っているはずです」

鷹司さんは、ハッと目をみはる。

「なるほど、そうか！　この町の者たちは、リゾート化の意味をわかっていなかったのか。そして、おそらく永遠に理解できないだろうと」

「ええ」

悲しい事実だが、〝住む世界が違う〟というやつだろう。

「すばらしい発見だ！」

「なにが、でしょうか？」

「私と町の者たちは、このままでは永遠にわかり合えないという点だ。私は、そんな根本的なことにすら気付かなかった！」

鷹司さんは周囲の書類を片付け、丁寧に鞄の中にしまっていた。

「わかりやすく解説してくれて、心から感謝する。ありがとう。この町について、理解が深まった！」

「は、はあ」

なんて、前向きな人なのか。こんな性格だったら、人生において生きにくさなど感じないだろう。

「ただ、困ったな。理解してもらえないのであれば、リゾート化は難しい」

「理解、してもらうつもりだったのですね」

「一応な」

じっくり話し合えば、そのうちわかってもらえると思っていたようだ。

「あの、互いの希望を理解するのは、難しいかもしれません。でも、歩み寄ることはできるはずです」

「歩み寄る？　私と、町の者たちが、か？」

「ええ。双方の希望を、叶えたらいいのではないでしょうか？」

鷹司さんの言うとおり、過疎化は無視できないだろう。けれど、古くから住んでいる人たちは家や土地を明け渡したくない。

「なるほど、〝歩み寄る〟か……」

結婚生活みたいなものだろう。祖母から話を聞いた記憶がある。他人同士が家族になるのは、とても難しい。強引に片方の願いを叶えるばかりでは、関係はすぐに崩れてしまう。大事なのは、互いに譲歩すること。想い合う心なのだと。

「――と、祖母も話しておりました」

「大事なのは、譲歩と想い合う心、か。山田幸代、深い言葉を遺していたのだな」

「ええ」

これは結婚だけでなく、ふだんからも言えることなのかもしれない。

「たとえば、どんな譲歩案がある？」

「え⁉　えっと……なにが、あるでしょう？」

「考えがあって言ったわけではないのだな」

「え、ええ。すみません」

キャンプでなくても、星空を見て、おいしいものを食べて、という体験はできるはずだ。ただ、この町に宿はない。

「ここは気持ちがいいくらい、なにもないな……」

思わず「本当に」と返しそうになる。

鷹司さんはスマホを取り出し、「また、メールが受信できていない」と見せてくれた。たまに電波状況が悪く受信できないことがあるが、場所をちょっと移動したら、届くようになるだろう。田舎あるあるである。

「メールはまともに受信できない、ネットも場所によっては繋がらない、バスは一日一本、隣の家までほど遠い……」

これが、この町の現実《リアル》なのだ。都会とは、時間の流れがまるで違う。祖母が東京に遊びに来たとき、五分間隔の電車に驚いていたのを思い出してしまった。

「店は駄菓子屋の一軒だけ。あとは、家、家、家、そして家だ」

「見事に、民家ばかりですね」

皆、いい人ばかりだ。都会からやってきた私にも優しくしてくれる。きっと、観光客が押しかけても快く対応してくれるだろう。

「いっそのこと、その辺の民家を宿にするか」

「あ、民泊！　今、流行っていると聞きます」

民泊というのは、個人の家の一室や使っていない別荘を貸し出して宿泊してもらうものだ。鷹司さんは、身を乗り出して話を聞く。

「民泊か。思いつかなかったな。なにか、決まりがあったような？」

「そうですね——」

スマホで調べてみる。最近になって民泊新法ができたようで、年間百八十日を超えない範囲で営業するならば、届け出をして民泊事業を始められると書いてある。

「住宅宿泊事業、か……」

もしも民泊を受け入れてくれる家が複数あれば、キャンプ地を作らなくてもよくなるだろう。

「いろいろ、考えてみるとしよう」

「お願いします」

強引に話を進める気はさらさらないようで、安心した。

「長居してしまったな」

鷹司さんは懐から財布を取り出し、「これで、会計をしてくれ」と言って、黒く輝くクレジットカードを差し出してきた。

「すみません、うち、クレジットカード使えないんです」

「そうなのか？　すまない、手持ちの金がないのだが、ツケておくことはできるだろうか？」

「お出しした料理は、素人が作ったものなので、価値はありません。どうかお気になさらず」

「君はまた、そういう自分を下げた物言いをする。過ぎた謙遜は、舐められてしまうから、気を付けたほうがいい」

そんなふうに言われても、すぐに変われるものではない。

「あの、こういうときは、どう返せばいいのですか？」

「大阪《おおさか》では、百万円から一千万円を請求すると教えてもらった。もちろん、冗談だ」

「な、なるほど」

もしも、鷹司さんに「一千万円です」なんて請求したら、「払えるか！」とつっこんでもらえるだろう。実際にできるかは謎だが、いろいろな言葉の返し方があるものだと、しみじみ感心してしまった。

「また来るからな！」

鷹司さんは高々と宣言し、帰っていった。なんというか、嵐が過ぎ去った感がある。

つごもりさんと良夜さんは、ため息をついていた。

「まあ、悪い人ではない、ということだけはわかりました」

「同じく」

「ですね」

鷹司さんには〝嵐〟ではなく、町を変える〝風〟になってほしい。
そう、思ってしまった。

第五章　別れと出会い、そして、舞う桜

最近、妙な夢ばかり見る。なにかにぶつかって、私という存在が散り散りになっていくのだ。

夢の中の私はそれをなによりも恐れていて、悲痛な声で泣き叫んでいた。

朝起きても、その恐怖は続いている。

不思議なことに、私は似たような恐怖を、〝知っている〟。

しかしいったいどこで、その恐怖を味わったのか思い出せない。

すっかり忘れてしまっているのだろう。

呑気《のんき》なことに、こんなに恐れているのに、朝食を食べると気にしないようになる。

だから私は、悪夢について深く考えないでいた。


けれど、ふとした瞬間に思う。

私は、なにを〝忘れて〟いるのだと。

◇◇◇

最近、つごもりさんも料理が作れるようになった。缶詰料理を教えてあげたらハマったらしく、料理当番の日はいろいろな缶詰料理をふるまってくれる。

本日の朝食は、サンマの蒲焼《かばや》きを卵とじにしたどんぶり。朝から、どん！と四人分のどんぶりが食卓に並ぶ。

もちづき君のどんぶりは、私のものより一回り大きい。相変わらずの健啖家《けんたんか》のようだ。あの細い体のどこに入るのか、謎である。

「じゃあ、食べようか」

もちづき君の言葉のあと、手と手を合わせていただきますをする。

まずはお茶を飲んで胃を温めてから、〝サンマの蒲焼き卵とじ丼〟を食べる。

朝からどんぶりなんて……と思っていたが、意外とあっさりしている。蒲焼きの濃い味付けを、卵がまろやかにしてくれるようだ。

「お、おいしい！　つごもりさん、これ、おいしいです」

返事をする代わりに、つごもりさんはにっこり微笑んだ。あまりの愛らしい笑顔に、頭をよーしよしと撫でそうになったが、ぐっと我慢した。狛犬でも、今は成人男性の姿なので。

「へえ、おいしいですね」

良夜さんも、絶賛している。缶詰の可能性は、無限大なのだ。

もちづき君は、いつもどおり無言でパクパク食べていた。口に合わなかったらいろいろしゃべり始めるので、彼の〝おいしい〟は非常にわかりやすい。

料理は私と良夜さん、つごもりさんと交代で行っているが、それぞれ得意分野が異なるので、いろんな料理を味わえる。

お腹いっぱいになったら、開店準備を始めないといけない。窓を開けると、むわーっとした熱気が流れ込んでくる。七月になり、すっかり夏を感じるようになった。

私がここに来て、二カ月ちょっと経つ。あっという間だった。

狛犬カフェの営業は順調だ。常連さんも増え、毎日お菓子を楽しみにお茶をしに来てくれる。

願いを叶える巫女としてのお仕事も日々頑張っていた。

人々の願いや悩みは多岐《たき》にわたる。電話が繋がらなくなった、というお婆ちゃんの家に行ったらコンセントが抜けているだけだったり――眼鏡をなくして困っているというお爺ちゃんに「おでこにありますよ」と教えてあげたり――家族では食べきれなくて腐らせてしまうという果物や野菜をいただいたり。

なんていうか、これは巫女の仕事なのか、首をかしげる日もある。けれど、頼ってもらえるというのは素直にうれしい。交流が深まれば、皆、親身になって接してくれる。物心つく前に両親が離婚し、父は出張で不在がち。祖母と過ごした時間が長い私にとって、この町に住む人たちは家族みたいなものだった。

鷹司さんも、ほぼ毎日やってくる。暇なわけではないらしく、お菓子を食べ、お茶を飲んで風のように過ぎ去る日もあった。

現在、新しい事業についてアレコレ考えているらしい。私が挙げた民泊についても、真剣に検討しているようだ。町の民家や畑を更地にして行うキャンプ事業とは異なり、町の景観をそのままに行う民泊事業については、ちらほらと賛同の声が集まっているという。歩み寄りの成果が、さっそく出ているようだ。

ただ、観光の目玉が民泊と美しい夕日と月と星々だけではいまいち弱いらしく、それ以外にも家族連れや若者の興味を惹くものがないか、鷹司さんはそのへんを模索しているという。

今日は開店してすぐに、お客さんがやってきた。米農家の溝口《みぞぐち》さんである。父の同級生で、息子さんとは年が近いこともあって昔何回か遊んでもらった記憶がある。

頑固で無口な父とは違い、明るいおじさんだ。

「いらっしゃいませ」

「いやはや、暑いね！」

「ですね」

ジリジリと照りつける太陽は、気温をどんどん上げてくれる。こういう日は、冷たいものに限る。

「おっ、今日はかき氷か！」

「はい。イチゴとマンゴー、宇治金時《うじきんとき》の三種類ありますよ」

「じゃあ、イチゴを頼もうか」

「かしこまりました。少々お待ちください」

台所に向かうと、良夜さんがつごもりさんにお茶を手渡しているところだった。さすがだ。仕事が速い。

「イチゴのかき氷が入りました」

良夜さんはキビキビと、冷凍庫からクリスタルのように澄んでいる氷を取り出す。これは、山で採れる天然水で作った特別製のかき氷だ。これを使うと、淡雪みたいな優しい口溶けのかき氷ができる。

良夜さんは氷をかき氷器にセットし、ハンドルを回す。このかき氷器は昔から山田家にあり、父の幼少期から使っているらしい。年季が入っているが、まだまだ現役だ。

良夜さんが削ってくれた氷に、春に作ったイチゴシロップをたっぷり垂らす。これで終わりではない。甘酸っぱいイチゴのコンポートも添え、さらにアイスクリームをのせたら、狛犬カフェ特製〝イチゴのかき氷〟の完成である。

「お待たせしました」

「おおー！」

溝口さんは携帯電話を取り出し、パチリと撮影していた。なんでも、写真を家族に見せて、会話のネタにするようだ。

溝口さんのお子さんはふたり。息子さんは東京の企業に就職したが、最近、家業の米農家を継ぐために戻ってきた。上の娘さんは、嫁ぎ先の千葉《ちば》に骨を埋める気らしい。

「前に食べたふわふわした、パンのケーキ、だったか？　あれを久々に千葉で会った娘に見せたら、食べたいって羨ましがっていてな」

「そうだったのですね」

「食べられるならば、遊びに来たいと言っていたんだがな。ここの菓子は、いつ来ても同じものが出るとは限らないからなー」

「そ、そうですね」

「いつもずるい！と言われてしまって」

溝口さんの言葉に、ぎくりとしてしまう。私は無意識のうちに、この町の人のことしか考えていなかった。外の人はいつでも来店できない。常に出せるメニューをひとつ置いておかないと、外からの客足は取り込めないのだろう。

「それにしても、このかき氷は絶品だな！」

「ありがとうございます。うれしいです」

いつも忙しそうにしている溝口さんだったが、息子さんが仕事を手伝ってくれるので、こうしてカフェ通いができるようになったのだと、うれしそうに語っている。

「五年付き合った彼女がいるそうだが、相手も忙しいからと、なかなか紹介してくれなくてな。それが明日、会うことになって」

「わー！　よかったですね」

結婚へ向けて順調に進んでいるようだ。農家なので、跡取り問題はシビアなのだろう。溝口さんの家のお兄さんは、うまいことやったようだ。

よほど、明日の顔合わせが楽しみなのか、溝口さんはニコニコと楽しそうに話している。

「あ、そうだ。急なんだが、彼女に出す小洒落《こじゃれ》たお菓子なんか作ってくれないか？」

「喜んで、と言いたいところですが、奥様がなにかご用意されているのでは？」

「都会の人は、田舎の菓子なんか食べないだろう」

「私は大好きですけれど」

「花乃ちゃんは、この町の人間同然だからなー」

〝この町の人間〟と認めてもらえて、うれしくなる。言われてみれば、昔から春休みに夏休み、冬休みと、濃い時間を過ごしたのは祖母の家だ。

東京にも友達はいたが、映画を見たり、ショッピングをしたり、カフェでお茶したりと、そういう遊びよりも、祖母と梅干しを漬けたり、裏庭のびわをもいだり、畑でスイカを収穫したりするほうが楽しかった。こんなだから、学生時代の担任に「若さがない」とか、同級生から「座敷わらし」だなんて言われてしまうのだろう。

物思いに耽《ふけ》っていたら、溝口さんの携帯電話が鳴った。奥さんから遊んでいないで帰ってこいと言われてしまったようだ。

「休憩時間は終わりだな。じゃあ、また来るよ」

「またのお越しを楽しみにしております」

溝口さんは悩みがないようで、よかった。ホッと安堵する。

食器を片付け、テーブルを拭いていたら、扉がガラリと大きな音を立てて勢いよく開く。こんなふうに現れる人は、ひとりしかいない。鷹司さんである。

「いらっしゃいませ」

夏でも、彼はスーツである。夏用だろうが、見ているだけで暑そうだ。

「最悪だ。田舎の夏を舐めていた。どこも、日陰がない」

「建物がないですからね」

ひたすら田畑が続くだけの道に、日陰なんぞない。外出するときは、日傘が必須アイテムとなっている。あるのとないのでは、大違いだ。

「今日も、外回りをしていたのですか？」

「ああ、そうだな」

町を知り、住民に事業を理解してもらうため、日夜駆け回っているらしい。

そんな鷹司さんの頑張りを見て、理解を示してくれる人も、ちらほら現れている。

うれしい変化だろう。

「なるほど。今日はかき氷か。それと、飲み物は、キンキンに冷えたアイスティーを用意してくれ」

本日のメニューは、かき氷と温かい緑茶のセットだ。冷たいものばかりだと、お腹を壊す可能性があるからだ。

「かき氷だけでも、体は冷えますよ」

「いいや、私は今、アイスティーが猛烈に飲みたい！」

「歩み寄り……」

お店の奥から、声が聞こえる。つごもりさんだ。部屋の奥に繋がる扉から、顔を半分だけ覗かせて私たちを見つめている。

「む。そうだな。歩み寄りは、大事だ。わかった。温かい紅茶でいい」

結局、紅茶は飲むようだ。

「ティーバッグしかないのですが、大丈夫ですか？」

「なんだ、ティーバッグとは？」

「インスタントの紅茶です。紙のバッグに入っていて、お湯を注ぐだけで紅茶が飲めるのですが」

「へえ、そんなものがあるんだな」

さすが、地主の息子と言えばいいのか。ティーバッグを知らないだなんて。きっと、紅茶が飲みたくなったら、お手伝いさんが香り高い茶葉でおいしいものを淹れてくれるのだろう。本当に、住む世界が違う。

「茶葉から淹れる紅茶に比べて、香りや味は落ちると思いますが」

「いや、いい。インスタントの紅茶とやらは、どのような味がするのか、興味がある。一度、飲んでみたい」

「かしこまりました。かき氷は、イチゴとマンゴーがありますが」

「では、イチゴとマンゴーを、半分ずつ作ってくれ」

また、勝手にメニューを作っていた。しかし、かき氷のハーフハーフはいいかもしれない。お客さんも、ずいぶんと迷っているように見えたし。

かき氷は良夜さんが、紅茶はつごもりさんが用意してくれるようだ。私は、鷹司さんの相手をしておくようにと頼まれる。

「ああ、そういえば――」

「はい？」

「先日この町の空き家を買い、住めるように整えて、今日、引っ越してきた」

「え？」

「今まで東京から通っていたんだがな。効率が悪いから、家を買ったんだ」

二十八歳にして、初めてのひとり暮らしだそうだ。なんだか心配になってしまう。

「思い切ったことをしたのですね」

「まあな。民泊の、データも集めようと思っているんだ」

「ああ、なるほど。そういうわけですか」

駅の近くにある、築七十年の古民家を買ったらしい。

「一年前まで人が住んでいたんだが、薪で風呂を沸かすような家だったんだ」

「うちもですよ」

「そうなのか!?」

「この辺り一帯は、だいたい五右衛門風呂です」

「なんだと？　この現代に、薪で沸かす風呂が我が物顔で残っているとは！」

そんな、目をまん丸にして驚かなくても。

「でも、都会の人から見たら、五右衛門風呂は珍しいんじゃないですかね」

「言われてみたら、確かに珍しい。しかし残念だ。古い風呂は取り外して、オール電化にしてしまった」

「まあ、鷹司さんがその家で暮らすのならば、オール電化でいいと思います」

薪で沸かすお風呂は大変不便だ。雨の日は傘を差しながら、夏の日は暑さに汗を垂らし、雪の日は寒さに耐えて、お湯を沸かさなければならない。スイッチひとつで済むのならば、どれだけ助かるだろうか。

「しかし、五右衛門風呂の珍しさには、気付かなかった。君と話をしていると、勉強になる」

「庶民的感覚をお話ししているだけですが」

「貴重な意見だ。自信を持て」

「お役に立てて、なによりでした」

そんなふうに返すと、鷹司さんは尊大な様子で頷いた。

「君は、短い間で、ずいぶんと変わったな」

「そうですか？」

「初めて出会ったときは、おどおどしていたような気がする」

「ああ……それは、そうかもしれないです」

仕事をやめ、この町にやってきた。そこでもちづき君やつごもりさん、良夜さんと出会い、狛犬カフェで働くこととなった。

毎日毎日、私が作るお菓子を食べて、おいしいと言ってくれる人がいる。それが、自信に繋がったのだろう。

「しかし、根本的な問題は、解決していないようだな」

「根本的な問題、ですか？」

「ああ。覚えているだろうか？　私が、言ったことを」

そういえば、なにか言われていた気がする。

――君は、正直、いい状態ではないだろう。

「まだ、その状況から、抜け出せていないのですね？」

「ふむ、そうだな。住職に連絡は、していないようだな」

「はい。特に、変わったことはなかったので」

先日、もちづき君に「私、なにか変ですか？」と聞いてみたが、「さあ？」と素っ気ない態度で返されてしまった。

最近の悩みといえば、夢見が悪い程度だ。深く、気にするものではない。

今は、自分のことよりも、町について考えたい。

「他に、なにか進展はあったのですか？」

「まあ、いくつかあるが」

「教えてください」

町はどんどん変わっている。私も、変わりつつあった。

きっと、物事はいい方向にいくだろう。

夜──三日月がぽっかりと夜空に浮かぶ。明日の仕込みを終えて、手持ち無沙汰でいたら、もちづき君と廊下でばったり出会った。

「あ、満月大神、お休みになるのですか?」

「いや、まだ寝ない。花乃は?」

「私も、もうちょっとだけ」

クーラーで体が冷えてしまったので、ホットミルクでも飲んで横になろうと考えていたのだ。

「満月大神も、ホットミルクを飲まれますか?」

「いただこうか」

マグカップにミルクを注ぎ、レンジで二分加熱する。それに、スプーンで蜂蜜《はちみつ》をすくって入れ、くるくる混ぜる。仕上げに、シナモンをちょこっとだけ振りかけたら、〝蜂蜜シナモンホットミルク〟の完成だ。

居間に戻ると、犬の姿になったつごもりさんと良夜さんがいた。クーラーの風があたる場所に転がっている。

満月大神がやってきたのを見て、起き上がり姿勢を正したが、次の瞬間には暑さからかぐったりしている。

ふかふかもふもふの毛に包まれた彼らは夏の暑さに弱い。毛足が長い良夜さんに、サマーカットしたほうがいいのではないか、と提案してみたが、「昼間、モヒカンみたいな髪型になるから」と断られてしまった。確かにモヒカンの店員がいたら、お爺ちゃん、お婆ちゃんのお客様は驚いてしまうだろう。

満月大神に「楽にしてもいい」と言われた途端、ふたりは横たわる。こうして見たら、狛犬ではなく完全に犬だ。

クーラーは消さずにおこう。私には、ホットミルクがあるから。

満月大神とふたりでホットミルクを飲む。カップを持つ手が、じわじわ温かくなった。静かな中で飲んでいたが、満月大神はふいに話しかけてくる。

「花乃、最近、よく眠れていないだろう？」

「ど、どうして、そう思うのですか？」

「目の下に、濃いクマがあるから」

「気付きませんでした」

——なにか眠れない原因があるのではないか。

そう問いかけられた瞬間、ここ最近の悪夢を思い出してゾッとしてしまう。

「心当たりがあるみたいだね？」

「え、ええ。実は、最近、夢見が悪くて」

「そうか。限界なのかもしれないな」

「限界、というのはどういうことですか？」

「花乃が自分で気付かなければ、意味がない」

「そう、ですか」

あまり寝ていないので、体が休まっていないのだろうか。

良夜さんとつごもりさんも私と同じように働きづめだけれど、彼らは人ではない。同じように動けると、思ってはいけないのだろう。

「明日営業したら、次の日は休みにします」

「そうだね。体を休ませたほうがいい。あんたはきっと、なにかがすり減っているんだ。このままだと、危険だよ」

「はい。ご忠告、痛み入ります」

ホットミルクの効果だろうか。なんだか眠くなってきたような気がする。

歯を磨いて布団に潜り込んだら、すぐに意識は遠退いていった。

悪夢は、見なかった。

◇◇◇

本日も、昨日と同じくかき氷を用意する。ソースは、メロンとパイナップルにした。

本当は別のメニューを考えていたけれど、かき氷の噂を聞いて来たのにお店に行ったらなかった……なんてことがあったら悲しい。だから、しばらくはかき氷を続けてみようと、皆で話し合った。

開店準備を進めていたら、外から女性の悲鳴が聞こえた。

「きゃあっ!!」

ガタガタと、なにかが倒れたような音もする。

あわてて外に出たら、女性が倒れていた。そばには、中身がちらばったキャリーバッグもある。

「だ、大丈夫ですか⁉」

良夜さんが駆け寄り、女性の体を抱き起こす。つごもりさんはキャリーバッグを拾い、きれいに整えていた。

女性は三十代半ばくらいだろうか。色白で、きれいな人だ。見た感じ怪我はしていないようだ。夏なのに長袖長ズボンだったのが、よかったのだろう。

「立てますか?」

「うわっ!!」

手を差し出しただけなのに、またしても驚かれてしまった。安定安心の、存在感のなさである。

「ごめんなさい。そこにいるとは思わなかったものだから」

「大丈夫です。よく、気配がないと言われていまして」

「そ、そうなの」

女性は私の手をしっかり握り、「よいっしょ!」というかけ声と共に立ち上がった。

「もしかして、ここのお店の人?」

「はい」

「営業中……よね?」

キャリーバッグを差し出したつごもりさんが、コクリと頷いた。

「よかった! じゃあ、お邪魔させてもらうから」

お店に入った途端、「はー、生き返る」と幸せそうにつぶやいていた。

「本日のメニューは、メロンのかき氷と、パイナップルのかき氷のみでして」

「わー、迷うな」

「メロンとパイナップル、半分ずつにもできますよ」

「いいの? じゃあ、それでお願い」

「かしこまりました」

良夜さんがお冷やを出したら、女性は一気飲みする。

「お水、おいしい！」

「山の湧き水なんです」

「そうだったの。さすが、自然豊かな町！　それにしても、驚いた。コンビニどころか、木陰すらないから」

「そうですね」

鷹司さんも駅から狛犬カフェに来るまでの道のりで、汗でびしょびしょになったと話していた。一刻も早く街路樹を植えて、木陰を作ったほうがいいのかもしれない。

「あー、やっぱり、失敗したかも！」

女性は頭を抱えて叫ぶ。なにか悩みがあるようだが、深くつっこんでもいいのだろうか。

迷っていたら、話しかけられる。

「ねえ、店員さんはあのお兄さんたちのどちらかの奥さん？」

「いえ、違います。私は、ここの家主代理みたいなものです」

「あ、そうなんだ。若いのに、すごいね。お店を持っているなんて」

「亡くなった祖母が、作ったものなんです」

「そうなんだ。でも、すごいよ。こんななにもないところで、頑張れるなんて」

なにもない、という言葉に、少しだけ胸が痛む。事実なので、仕方がない話であるが……。

「店員さんはずっと、ここに住んでいるの？」

「いえ、春から移り住んだ者なのですが」

「移住者、か……」

「どうか、なさったのですか？」

「話を、聞いてもらってもいい？　ひとりでは、抱えきれなくて」

つごもりさんと良夜さんを振り返る。彼らは身振り手振りでなにかを伝えようとしていた。たぶん、かき氷はこっちで作るから話を聞け、だろうか。了解したと頷く。

「私で、よろしければ」

「ありがとう。もう、限界で」

目の前の席に座るよう、勧められる。店員なのでと一度は断ったが、立ったままでは落ち着かないからと言われ、腰を下ろした。

「実は私、これから、米農家に嫁ぐの。今日は、彼氏の両親に、挨拶に行く日で」

「あ、もしかして、溝口さんのところの？」

「うわっ、やだ。もう、知れ渡っているんだ」

「すみません。なにぶん、小さな町でして」

だれかが結婚するだの、子どもが生まれただのという話は、ひと晩のうちに知れ渡ってしまう。噂話を止めることはできないのだ。

「って、ごめんなさい。一方的にしゃべってしまって」

「いえ」

「私は、徳岡真子《とくおかまこ》、自営業、まだ独身」

簡潔な自己紹介に、私も言葉を返す。

「私は、山田花乃、独身です」

独身のくだりは必要だったか謎だが、念のため付け加えた。

「私、もう三十八歳だし、体力ないし、農家の嫁なんて務まらない。子どもだって、望まれるのは、重荷なの……！」

それらは、結婚したら必ず期待されることだろう。農家は特に、跡を継ぐ者が必要だ。生半可な気持ちでは嫁げない。

「普通の会社員だと思って付き合っていたのに、実は農家の息子で、脱サラして米農家になるなんて、予想もしていなかった」

問題は、それだけではないようだ。

「自営業というのは、アクセサリー作りなの。毎週雑貨を売るイベントに参加したり、材料を買い集めたり、発送したりしていたんだけれど……ここ、コンビニもなければ、郵便局も宅配業者の支店もないよね？」

「え、ええ。荷物は、駄菓子屋から送れますが。お金を下ろすのは、隣の町まで行かないといけませんね」

「もしかして、ATMすらない？」

「ない、ですね」

徳岡さんは再び頭を抱え込んでしまう。そして、なにかに気付いたのか、ハッと肩を震わせていた。

「こ、ここ、もしかして、限界集落!?」

その問いかけに、私は明後日の方向を見てしまう。

限界集落というのは人口の半数が高齢者となって、町の維持が難しくなるような地域を呼ぶ名称である。きちんとしたデータは手元にないものの、この町の人口の大半は高齢者だ。若者や子どもは、ほとんど見かけない。

今まで気付いていなかったけれど、ここの町は限界集落なのだろう。

「いや、やっぱり無理！　本当に無理！　絶対に無理無理無理！」

徳岡さんは顔を真っ赤にしながら叫ぶ。と、ここでつごもりさんがかき氷とお茶を持ってきてくれた。

「わ、イケメンがおいしそうなかき氷を持ってきてくれた！」

ちょっとだけ、表情が明るくなる。イケメンは、心を和ませてくれる。以前、葵お婆ちゃんのお孫さんもそう力説していた。

つごもりさんは、最近覚えた〝営業スマイル〟を、ほんの淡く浮かべる。

これは、本当にかわいい。毎日一緒に働いている私ですら、くらりとするくらいだ。

さすが、狛犬。いい働きをしてくれる。

「ありがとう。なんか、元気出た」

徳岡さんはそう言って、かき氷をスプーンですくって食べる。

「わー、すっごくおいしー！　メロンの甘さが、ガツンとくる！」

佐々木果樹園のビニールハウスで作られたメロンである。切り刻んだメロンに砂糖、レモン汁を加え、コトコト煮込んだだけのシンプルなソースだ。

「パインのほうも、甘くて爽やか！　おいしい！」

パイナップルソースも、とろとろになるまで煮込んだ自信作だ。おいしそうに食べてくれるので、こちらまでうれしくなる。

かき氷のおかげで、クールダウンしたのだろうか。顔色もよくなった。

「でも、贅沢ね。メロンのかき氷なんて」

「果樹園があって、いろんな果物を売ってくれるんです。どれも甘くて、おいしいですよ」

メロンはひと玉五百円だった。表面に傷があってお店では売れないそうだが、味はお店に並ぶものよりおいしいので、かなりお得である。

「そうなんだ。果樹園かー。ちょっといいかも」

食を通して、町のよさを伝えることに成功したようだ。

「いいところなんだよね。でも、私には田舎すぎるな」

「一応、地主さんが人を増やそうと考えているみたいなのですが」

「うーん」

鷹司さんは日々頑張っているものの、徳岡さんの心をすぐに動かすような事業は始まっていない。

空気がだんだん暗くなっているところに、扉がバーンと開かれる。このように現れるのは、鷹司さんしかいない。

「喜べ！　この寂れた町に、パン屋ができる！」

大きな声に、徳岡さんがびっくりする。他にお客さんがいないと確認してから、叫んでいただきたい。本当に、自由な人なのだ。

「あの、すみません。こちらが、地主の鷹司さんです」

変な人だと思われないように、紹介しておく。

「急に紹介して、彼女はだれなんだ？」

「アクセサリー作家さんです」

「おお！　もしや、この町にアクセサリーショップを開きたいとか？」

「いえいえ、違います！」

鷹司さんの飛躍した考えを否定したが、徳岡さんは小さな声で「いいかも」なんてつぶやいていた。それを、鷹司さんは聞き逃さない。

鷹司さんは私の隣にどっかり座り、書類を取り出した。そこには、自営業支援計画なるものが書かれている。

「この町で新規自営業をする者たちへ向けた計画だ。一年間、家賃無料で、リノベーションした古民家を店舗として貸し出すサービスを考えている」

徳岡さんの表情が変わる。もちろん、いい方向へだ。

「この田舎だったら出店料も安いだろうし、イベントのようなものを企画すれば、遠くからでもお客さんが来てくれるかもしれない」

「そうなのですね」

やってくる人が増えるようだったら、店舗となる古民家を周回するバスの運行も検討するという。

「月に一度、マルシェを開くのもいいだろう」

マルシェというのは、フランス語で〝市場〟を示す言葉だ。アクセサリーからお菓子までいろんなお店を出店するイベントである。今は各地で毎週のようにマルシェが開催されている。私も、近場であるときはついつい足を運んでしまうのだ。

「マルシェを開催する場所も検討している。今年で農業をやめる者が、土地の契約解除の申し出をしたので、そこを広場にする予定だ」

鷹司さんはこの短期間で、さらに仲間を増やしているようだ。民泊を受け入れてくれる家も、日に日に増えつつあるらしい。

「民泊といえば、ここの家はどうだろう?」

「うち、ですか?」

力を貸したいのはやまやまだが、我が家には満月大神と狛犬がいる。だれかを泊めたら、面倒なことになる可能性が高い。それに、夜はカフェの仕込みをしているので、おもてなしできないだろう。

「難しいですね」

「まあ、そうだな」

「すみません」

「いいや、気にするな。カフェを営業してもらっているだけでも、ありがたい」

なんでも、パン屋さんを誘致する中で、カフェがあるという点は大いに役立ったらしい。

「若者がカフェを営業し、そこそこ繁盛しているというのは、相手を惹きつける要素となった。その点は、深く、感謝している」

鷹司さんは深々と頭を下げた。ふだんは尊大でえらそうだが、きちんと礼節はわきまえている。だから皆、鷹司さんの計画を支持するようになっていったのだろう。

徳岡さんは、鷹司さんの作成した書類をじっと見つめていた。

「出店の件はどうだろうか？」

「今は決められないけれど、この書類、もらっても？」

「どうぞ」

徳岡さんは丁寧に書類を折りたたみ、手帳にしまっていた。

「嫁ぎ先が理解してくれるかわからないけれど、正直に、やりたいことを話してみる」

「そうですね。それが、いいのかもしれません」

農家の嫁が働き手でなければならない、という決まりはない。職を持っていても、いいはずだ。

「応援しています」

「ありがとう」

「でも、無理はなさらずに」

「そうね」

徳岡さんの人生は、徳岡さんのものだ。どうか、自分が進みたいと思う道を歩んでほしい。

「すみません。なんか、深くつっこんだ話を聞いてしまって」

「いいの。私がしゃべり始めたことだし。こっちこそ、悪かったわ」

「いえ。私も数カ月前、ここで暮らすか迷っていたので、自分の姿と重ね合わせてしまい――」

突然、くらりとめまいに襲われる。当時のことを思い出そうとしたら、景色がぐにゃりと歪んだ。

どうやって前の仕事の引き継ぎをしたのかとか、いつ退職願を提出したとか、職場の仲間と別れ際にどんな話をしたとか、思い出せない。ほんの、数カ月前の話なのに。

思い出そうとすると、ズキンと頭が痛む。

「山田花乃、おい、大丈夫か？」

「――ッ！」

鷹司さんのよく通る声を耳にして、ハッと我に返る。

危なかった。一瞬、意識が飛んでいたような気がする。もしも立っていたら、倒れていただろう。

「すみません。ちょっと、疲れているのかもしれません」

「今日は休んだほうがいい。店は、別の者に任せたらいいだろう」

尊大な鷹司さんが、珍しく心配してくれている。いつもより声が優しい気がして、少しだけくすぐったく感じた。

「ごめんなさいね。私が、長々としゃべってしまったばかりに」

「いえ。昨日、店の者にゆっくりするように、言われていたんです。今日頑張って、明日から休もうと考えていまして」

「その結果がこれか」

「すみません」

徳岡さんは会釈をして、お店を出る。来たときよりも、顔色は明るくなっていた。

お客さんがいなくなった途端、鷹司さんは私にしばらく休むよう強く言い含める。店の奥からつごもりさんと良夜さんを呼び、私の体調がいかにおかしいか語って聞かせていた。

「まったく。体調がおかしいときは、自分で申告して休むのが普通ですよ」

「ゆっくり、休んで」

ふたりにもそう言われてしまった。

今日ばかりは、お言葉に甘えて休ませていただく。自分でも、おかしいと思うほど、なにかが変だった。

なにが〝変〟なのかは、よくわからないけれど。

良夜さんがシーツやタオルケットを洗濯したものに代えてくれていたようだ。清潔な、いい匂いがする。

布団に横たわって目を閉じた瞬間、意識が遠退いていく。どうやら、ひどく疲れていたようだ。

夢の中に、もちづき君が出てきて、私に言った。「もう、限界だろう」と。

なにが限界なのか尋ねても、答えてはくれない。自分で気付かなければ、意味がないと。

そういえば、もちづき君は出会ったときに、私に問いかけてきた。「〝忘れ物〟を、していないか？」と。そのあと、東京に、と付け足したような気がする。

忘れ物ってなに？　私は、なにを、忘れているの？

思い出せない。私の中に、欠けている〝なにか〟を。

暗く深い海の底に沈んでいく感覚を覚える。このままだといけないと思いつつも、体が動かない。

もがいていると体力を奪われ、疲れてしまう。もう、このまま沈んでしまおうか。

そう思った瞬間、声が聞こえた。

——花乃、あきらめたら、いけないよ。

祖母の声だった。

その瞬間、暗い海のような空間に、一筋の光が差し込んだ。

そうだ。あきらめては、いけない。まだ、町の行く末を見届けていないし、カフェで私のお菓子を楽しみにしてくれるお客さんもいる。まだまだ、頑張らないといけないのだ。

必死になって浮上しようと手足をばたつかせるも、なかなか上がれない。体が、重石のように重たいのだ。

どうして私はこうなのか。どんくさくて、体力がなくて、言いたいことも言えない。こういうとき、どうすればいいのか。鷹司さんが、以前教えてくれた。他人に、助けを乞えばいいのだと。

そんな単純明快な解決策でさえ、私は知らなかったのだ。

息を大きく吸い込んで、叫んだ。

「助けて!!」

それを口にした瞬間、体がスッと軽くなる。そして、だれかの手が私の腕を掴み、ぐっと地上まで引き上げてくれた。

「——ハッ!?」

スマホのアラーム音で、パッと目を覚ます。全身汗びっしょりで、筋肉痛のような倦怠感《けんたいかん》があった。

周囲は真っ暗である。夜までぐっすり眠っていたようだ。内容は思い出せないが、不思議な夢を見ていたような気がする。

耳元でけたたましく鳴っていたのは、スマホのアラームではなく着信音だった。ディスプレイには〝地主様〟と表示されている。鷹司さんだ。

重たい体を起こし、通話ボタンを押した。

「あの、もしもし」

『山田花乃、生きているか？』

「い、一応」

『…………』

珍しく、鷹司さんは押し黙る。心配をかけていたのだろうか。

『食事は、取ったか？』

「いいえ、まだ、です」

『ひとり暮らしだったな？』

一応、そういうことになっている。田舎町では、未婚の男女が暮らすなど、あってはならない。だから、もちづき君は親戚の子どもで、つごもりさんと良夜さんは通いの従業員ということになっていた。

『生米でも、持っていこうか？』

「なんで、生米を？」

『私は料理など作れない。だから、生米を持っていくと言っている』

お見舞いに生米なんて、斬新すぎるだろう。笑ってしまう。

『少し、元気になったようだな』

「おかげさまで」

『従業員は、もう、帰ったのか？』

「あ、いえ」

時刻は二十時過ぎ。夕食を食べ終えたくらいだろうか。

スマホを片手に、部屋を出る。台所を覗きに行こうとしたら、違和感を覚えた。

「あれ？」

『どうした？』

明かりが点いていない。皆、どこに行ってしまったのだろうか。

台所は、朝、私がきれいにした状態が保たれていた。鍋は空で、使った食器もシンクにない。

だれかが使ったような形跡が、まるでなかったのだ。

「な、なんで?」

『大丈夫か?　なにか、あったのか?』

「だ、だれも、いなくて」

いつもだったら、夕食当番が食事の用意をしているのに。今日はつごもりさんが当番で、缶詰料理を作ると話していたのに。

満月大神は、どうしているのか。

居間を確認する。しかし、そこも真っ暗だった。だれかがいる気配は、まるでない。いつも居間に置きっぱなしの漫画はなく、テレビも消されている。もちづき君が愛用している座布団もない。

「……えっ?」

今日は新月ではないのに、満月大神の姿がなくなっている。夜は犬の姿になっているはずの、つごもりさんと良夜さんもいない。

『おい、山田花乃、しっかりしろ!』

「あ、はい。だ、大丈夫です。また、今度」

『おいおい、待て待て。電話を切るな!　いいか、そのままだ』

「で、でも、満月大神と、つごもりさん、良夜さんを、探さないと」

『満月大神?　それは、山奥に神社がある、土地神の名前か?』

「あ！　いいえ、なんでもないです」

『なんでもなくはないだろうが』

なぜ、満月大神の名を口にしてしまったのだろうか。皆のことは、秘密なのに。

それにしても、鷹司さんはこの土地についてよく調べている。まさか、神様についてまで把握しているなんて。

『いったん落ち着け。あ、電話は切るなよ』

「は、はい」

鷹司さんと話していると、だんだんと冷静になってくる。よかった。きっと、ひとりならパニックになって取り乱していただろう。

『その、なんだ。いつもいるはずの、男衆がいなくなっていたと？』

「そうなんです。閉店後、いつも一緒に、夕食を食べていたのですが」

『具合が悪そうだったから、声をかけずにそっと帰ったのでは？』

「いいえ、そんなはずありません」

『どうしてだ？』

言っていいのか、迷う。けれど、今の違和感を説明するには、必要なものだろう。

「彼らと、一緒に住んでいたんです。ですので、黙っていなくなること自体、おかしなことなんです」

『男共と同居していただと？』

「はい」

『なぜ？』

「祖母の、遺志で」

『そう、だったのか』

ずっと当たり前のようにそばにいてくれたが、そもそも彼らは人ではない。突然いなくなっても、なんら不思議ではない。

だけど、私になにも言わずにいなくなることがあるだろうか？

『おい、今からそっちへ行くから、大人しくしておけ』

「あ、生米は、大丈夫です」

『見舞いではない！　なんか、嫌な予感がする』

「いえ、そんな……」

『行くからな。動くなよ？』

鷹司さんはそう言って、通話をブツンと切った。

いったい、なにをしに来るというのか。それに、嫌な予感とは？

電話が切れた途端、不安になった。

立ち上がる元気すらなく、その場に座り込んだまま時間が流れていく。

十五分後、鷹司さんは本当にやってきた。施錠した玄関を、ドンドンと叩く。

「山田花乃、来たぞ！」

本当に、にぎやかな人だ。安堵の息をひとつこぼし、玄関へ向かう。

「こんばんは」

「こんばんはって……うわっ!!」

なぜ、挨拶しただけなのに、そこまで驚くのか。

「目の前にいても、まだ、存在感が薄いのでしょうか？」

「薄いのは存在感ではない。山田花乃、君の姿だ！」

「はい？」

姿が薄いとは、どういう意味なのか。

首をかしげていたら、鷹司さんはスマホのカメラを自撮りモードにして私に見せた。

「どうだ？　薄いだろう？」

「え!?」

薄い以前に、私の姿が映っていない。どういうことなのだろうか。スマホのディスプレイに映っているのは、私の背後にある廊下だけだった。

「あ、あの、鷹司さん。わ、私、映っていない、です」

「は!?」

「カメラに、姿が、ないんです」

鷹司さんは「嘘だろう!?」と言い、私のほうへと回り込む。自撮りモードのスマホには、鷹司さんしか映っていなかった。

「どういう、ことなんだ？」

「わ、私も、聞きたいです」

ガクガクと、足が震えてしまう。足下を見て、驚いてしまった。

「わ、私の足が、ない!?」

「ないな!!」

鷹司さんにも、私の足が見えないようだ。いったい、私はどうしてしまったのか。

カメラに映らない、足がないということは……？

「私、も、もしかして、し――」

「言うな！　言葉にしたら、現実のものになってしまう」

〝言霊《ことだま》〟だと、鷹司さんは付け加えた。口にした言葉が、真実となってしまう現象だろう。

「いいか、落ち着け」

「鷹司さんは、落ち着いていますね」

「私は、霊感があると話していただろうが。そのせいで、子ども時代はいろいろあった。ちょっとやそっとのことでは、驚かない」

そういえば、悪いものを感じ取るとか、そういう話を聞いていたような気がする。

私についても、「正直、いい状態ではないだろう」と発言していた。

「鷹司さんが言っていたいい状態ではないというのに、これは、関係しているのでしょうか？」

「そう……だな。あのとき感じたよくないものが、強くなっているような気がする」

私はいったいどうしてしまったのか。

両手で顔を覆った瞬間、ドン!!となにか大きなものにぶつかり、目の前が真っ赤に染まった記憶がよみがえる。

「ひっ!!」

その場に立っていられず、膝をついた。

「おい！　大丈夫か？」

「私っ……私は――」

たった今、鮮明に記憶を取り戻した。

――私は、祖母の葬式のあと、事故に遭った。

飲酒運転をしていた車が、歩いていた私に突っ込んできたのだ。

その記憶と、ここ最近見ていた悪夢が結びつく。

なにかにぶつかって、私という存在が散り散りになっていくというのは、事故に遭った記憶を抽象的に見ていたのだろう。

ここに来てから、車が怖いと感じていたのも、事故に遭ったからだ。

鷹司さんは、その場に座り込んだ私の肩を支える。

「あの、私――」

「言わなくていい。わかっている」

まずは落ち着くようにと、静かに、優しい声で囁《ささや》かれる。

息を大きく吸い込んで、ゆっくり吐いた。ざわざわと落ち着かない心を、どうにか鎮めさせる。

「落ち着いたか？」

「はい」

ひとまず、居間に移動する。

「あ、お茶でも――」

「いいから、そこに座るんだ」

「はい」

不思議なものだ。体は薄くなり、足は消えた。それなのに私は物に触れ、緊張で高鳴る鼓動を感じている。

「私、ずっと、存在感が薄いから、驚かれるものと思っていました」

「皆、そこにいなかった者が、突然現れたから、驚いていたのだろう」

つまり、私は〝生きていない〟ということになる。きっと、事故に遭った日に、死んでいたのだろう。

「でも、どうして私は、このような状態だったのでしょうか？」

「知らん。そもそも、生きていない存在《もの》の定義を勝手に決めたのは、人だからな」

「そ、そうですね」

幽霊は透けていて、実体がないということを考えたのは人だ。真実とは限らない。私のように、実体がある存在がいても、おかしくはないのだ。

「私、ずっと信じていたんです。台風で吹き飛ばされた神社を復興させるために、神様と狛犬が、この家にやってきたのだと」

「なんだ、それは？」

信じてもらえるかわからないが、鷹司さんに説明してみる。

健啖家で自信家の美少年、もちづき君のこと。

控えめだけれど頑張り屋で、意志が強いつごもりさんのこと。

言葉は辛辣だけれど、心は温かい良夜さんのこと。

皆、人ではない。神様と、神使である。

話していて、あまりにも現実離れしている話だと思った。もしかしたら彼らは、私がいると思い込んでいた幻だったのか。今となっては、そんなことすら考えてしまう。

「すみません、彼らは、最初からいなかったのかも——」

「いいや、いた。確かに存在していた」

「そう、でしたか。よかった」

ポロリと、一筋の涙がこぼれてしまう。

短い間だったが、家族のように暮らしていたのだ。それが幻だったとは認めたくなかった。鷹司さんが存在を証明してくれて、よかったと心から思う。

「それにしても、妙だな。台風で神社がなくなったと言っていたが、そんな報告は上がっていない」

「え？」

でも、もちづき君が言っていたのだ。神社は台風で吹き飛ばされた。祖母が新しい地主に修繕を訴えたが、取り合ってもらえなかったと。

「祖母が、話をしていたはずですが」

「いいや、聞いていない。もしもそれが事実だったら、即座に修繕していただろう。土地神をおろそかにするなんてありえない」

「そう、ですよね」

私の聞き違いだったか。それならば、どうしてもちづき君はここにいたのだろうか。

「神社を、見に行くか？」

「え？」

「気が気でないだろう？　もしかしたら、満月大神と狛犬は、神社に戻っているかもしれない」

「あ！　そ、そうですね」

神社が台風で飛ばされていないとしたら、戻っている可能性も高い。

「行き、たいです。行って、話を、したい」

聞きたいことは山ほどあるけれど、まずは、お礼を言いたい。祖母の死を目の当たりにして、意気消沈していた私を支えてくれたのは、紛れもなく彼らだったから。

「だったら、行くぞ」

「え、今から、ですか？」

「朝になったら、消えているかもしれないだろうが」

鷹司さんは私の消えかかった足を指差し、指摘してくる。

そうだ。私という存在が消えてなくなる前に、行かなければ。

スポーツ用のジャケットを着て、ライト付きのヘルメットをかぶり、防災用に用意していたリュックサックを背負う。

同様の装備を、鷹司さんにも身につけてもらった。父が用意していたものが、役に立つ日がくるとは。

足がないのに、登山用の靴を履けてしまう不思議。

「おい、ぼーっとしていないで、行くぞ」

「は、はい」

山のふもとを目指して、歩いていく。すれ違う野良猫が『頑張ってね』なんて励ましてくれた。

ぽっかりと三日月が浮かんでいるだけなのに、外は妙に明るい。不思議な夜だった。田んぼが鏡のように月夜を映し、周囲を明るくしてくれる。

神社がある山に登るのは、本当に久しぶりだ。

「どのくらいで到着する？」

「三時間くらいだと」

「そうか」

山に入ると、無言で登る。

夜の山は、恐ろしい。昼間の姿とは、まるで違った。

なだらかな山道から、険しい斜面を登り、獣道のような道なき道を進み、山頂より流れる川に添って歩く。

額から、だらだらと汗が滴る。足は消えているのに、汗はかくようだ。実体はあるし、物にも触れられる。本当に不可解な状態だ。

途中、ゴツゴツと岩が突き出る道を、慎重に進んでいく。

鷹司さんが先を進み、私に手を貸してくれた。

「ほら！」

「ありがとうございます」

祖母と登った日の記憶を、思い出す。私が幼い頃は、いつも祖母が手を差し伸べてくれた。大きくなってからは、私が逆に祖母に手を貸していたのだ。

祖母との記憶が、走馬灯のようによみがえってくる。

疲れたと言って、困らせたりした。満月大神の笹だんごを、食べてしまったときもあった。どんなときでも、祖母はときに厳しく、ときに優しく、私を導いてくれた。

私は人に、同じような優しさを返せていただろうか？

祖母のように、人に優しく、自分に厳しく、生きていただろうか？

まだ、毎日を生きることに必死で、なにも成し遂げていない。

それを思えば、泣けてくる。

私の心は、叫んでいた。まだ、生きていたかった、と。

「山田花乃、鳥居が、見えたぞ！」

俯《うつむ》いていた顔を上げると、暗い闇夜に真っ赤な鳥居がぽっかりと浮かんでいた。

「ああ――」

よかったというつぶやきは、言葉にならなかった。吐息と共に、周囲の闇に溶けてなくなる。

神社は、台風で吹き飛ばされたのではない。昔と同じ姿で、山の中に在った。

一歩、一歩と、慎重な足取りで進んでいく。歩くたびに、私の体は薄くなっているような気がした。

鳥居の前にたどり着くと、隣にいた鷹司さんが会釈していた。それに倣《なら》って、私も頭を下げる。

「行ってこい」

「はい。あ、あの、鷹司さん、ここまで連れてきてくれて、ありがとうございました」

「いいから、行け。礼は、戻ってからゆっくり聞く」

「はい」

鷹司さんに深々と頭を下げてから、鳥居をくぐった。すると、胸がドクンと高鳴る。消えつつある体が熱くなった。そして目の前に、満月大神が現れる。

『意外と、早かったな』

平安貴族のような狩衣をまとった満月大神が、いつもと変わらない笑顔で話しかけてくる。

その傍らには、大きな黒い犬になったつごもりさんと、小さな白い犬になった良夜さんの姿があった。

「すみません、私、こんな姿で」

『ずっと、そんなだったよ』

「み、みたいですね」

私は、交通事故に遭って、死んでいた。それに気付かずに、何カ月も過ごしていたのだ。

「あの、どうして、台風で飛ばされたとおっしゃっていたのですか？」

『そういうふうに言わないと、あんたが納得しないからだ』

「納得？」

『ああ。神社の神と狛犬が、カフェを開いているという不可解な状態にね』

「まあ……そう、ですね」

神社を復興させる必要はなかった。ならば、どうして町に降りてきて、カフェを開いていたのか。それが、最大の疑問である。

『それは、幸代に頼まれたんだよ。孫の花乃が、大変な状態にあるから、助けてくれってね』

「あ――そ、そう、だったのですね」

再び、涙がポロポロとこぼれてしまう。祖母の願いを聞き入れて、皆、私を助けてくれようとしていたのだ。

『このままでは、あんたは道に迷って、悪い存在になってしまう。幸代は、それだけは避けたいと、強く訴えていたんだ』

「亡くなったお祖母ちゃんにも、迷惑をかけていたんですね」

『安心しろ。幸代は、あっちに送り届けておいたから』

「ありがとうございます」

深々と、頭を下げる。まさか、自分がこんな状態にあったなんて、気付きもしなかった。

『未練がある者は、どうしても、こうなりやすい』

私は祖母と住んだ家の存在が、気がかりだったのだろう。だから、死してなお、この地にとどまった。

「もう、大丈夫だと、思うのです」

だって、この町には鷹司さんがいる。祖母と暮らした家も、取り壊さずにうまく利用してくれるだろう。

きっとこの町は、近い将来、すてきな場所になる。そう、確信していた。

この町で働いた数カ月は、夢のような毎日だった。作ったお菓子をおいしいと言ってもらい、巫女として人々の願いを聞き入れ、成就の手伝いもした。

まだまだ続けていたかった、という思いもある。けれど、残念ながらこの体では叶わないだろう。

「本当に、お世話になりました。もう、ひとりでも、大丈夫です」

きっと、迷わずに歩いていける。その道を、満月大神は示してくれた。

『じゃあ、迷わず東京に帰れるな?』

「はい?」

このまままっすぐ、死後の世界へ行けるわけではないのか。首をかしげる。

『満月大神、どうやら花乃は、気付いていないようです』

『忘れ物を、思い出していない』

良夜さんとつごもりさんが、口々に報告する。

「忘れ物?」

そういえば、もちづき君にも聞かれていた。東京に、忘れ物はないかと。

『信じられない。この僕が、ここまでお膳立てしたのに、思い出せないなんて』

「あの、私は、なにを東京に忘れているのでしょうか?」

『このままだったら、一生気付かないんだろうな』

良夜さんとつごもりさんが、コクコクと頷いている。

「大変申し訳ないのですが、その、忘れ物がなにか、教えていただけますか？」

『それは、あんたの体だよ！』

「か、体？」

『東京にある病院の入院棟に、あんたの体があるんだ。一刻も早く回収して、ここに戻ってくるんだ』

一瞬、なんのことかわからず、頭上に疑問符を浮かべてしまう。

「入院棟に、私の体があるって、もしかして私、生きて、いるのですか？」

『あきれたことにね』

つまり、ここにいる私は、生き霊ということになるのか？

信じられない。私は、死んでいない。まだ、生きているようだ。

「でも、なんで、この状態で、何カ月も？」

『それだけ、強い未練があったんだろう。たまにいるんだよ、そういうやつが』

「生き霊になる、強い未練、ですか」

『まあ、そうだね。あまりにも強い、幸代の家を守りたいという未練と意思が、実体化に繋がったのだろう』

どうやら私は、事故に遭い、意識不明の状態になったらしい。けれど、生死をさまよいながらも祖母の家を心配しすぎて、生き霊となってこの地へやってきたと。

『さすが、幸代の孫だと思ったよ。まさか、実体化した生き霊としてやってくるなんてね』

ただ、実体化は完全なものではなかった。そのため、普通の人には私が見えない瞬間があったのだろう。それを私は、存在感がないと勘違いしていたようだ。

「そう、だったのですね」

『理解できたら、さっさと体に戻ったほうがいい。リハビリがつらくなるだろうから』

「は、はい。で、でも、ど、どうしよう……う、うれしい」

生きていることがこんなにもうれしかった日が、あるだろうか？

いいや、ない。

満月大神は手を伸ばし、私の頭を撫でてくれた。

『早く、本当の自分の体に戻って、元気になるんだ。それからここを再訪して、この町の人たちのために、みんなから愛される、おいしいお菓子を作って。僕たちも、花乃を、ずっと待っているから』

「は、はい！」

返事と共に、意識が遠退いていく。あわてて鷹司さんを振り返ったら、手を振っていた。

満月大神は、微笑んでくれているように見える。

つごもりさんと良夜さんは、尻尾を振って見送ってくれているようだった。

糸が切れたように、プツンと意識がなくなった。


——瞼を開いて最初に見えたのは、見知らぬ天井だった。

◇◇◇

三月下旬、祖母のお葬式の帰りに、私は飲酒運転の車にはねられ、大怪我を負った。

幸いにも命は取りとめ、怪我も完治した。

しかし、三月下旬から七月下旬の四カ月間、意識が戻らなかったらしい。

事故の際に頭を強く打っていたようで、重度の昏睡状態——遷延《せんえん》性意識障害に陥っていた。目覚める可能性は極めて低かったそうで、こうして意識が戻ったのは奇跡だとお医者さんは話していた。

四カ月ぶりに目覚めた私は、意識がなんだかフワフワしているし、油が切れたゼンマイ仕掛けの人形のように動きもぎこちない。あまりにも体の自由が利かないので、現実なのに夢ではないかと思うくらいだ。

ただ、のんびりもしていられない。早く日常生活に戻れるように、リハビリが始まった。

意識を失っている間、不思議な夢を見ていた。

祖母とお参りしていた神社の神様と神使と一緒に、カフェを開いていたのだ。

てんやわんやの毎日だったが、とても楽しかったような気がする。

強く印象に残っているのは、鷹司さんという地主さんだ。人気俳優もびっくりするようなイケメンで、キャラもやたら濃い。漫画の登場人物みたいな、現実離れした人だったのだ。

あんな人が、いるわけがない。

そう思っていたのに、目覚めて一カ月後、〝彼〟はやってくる。

鷹司と名乗る、イタリア製と思《おぼ》しき派手なスーツ姿の男性が、真っ赤な薔薇の花束を背負って私の病室に現れたのだ。

「百本の薔薇は、重すぎる!!」

意味不明なことを叫び、サイドテーブルに薔薇の花束を置いた。

「見舞いの花なのに、若い女性にとか、特別な感じでとか説明したら、なぜか百本の薔薇を用意しやがった。たぶん、求婚かなにかと勘違いしたんだ」

「は、はあ」

鷹司さんは夢の姿そのままに、濃いキャラクターを披露していた。

「山田花乃、案外元気そうではないか」

「あの……はい、元気、です」

「なにを戸惑っている？」

「いえ、その、夢、ですよね？」

「なにがだ？」

「狛犬カフェを、開いていた、というのは……」

「夢なわけがあるか！　すべて現実だ！」

そんなわけがない。私は三月下旬に交通事故に遭い、意識不明の状態で入院していたのだ。その間に生き霊となって、祖母の家でカフェを開いていたなんて、ありえないだろう。

「夜中に三時間もかけて登山し、神社にお参りしたのを勝手に夢の話にされては、たまったものではない」

そうだ。私は、鷹司さんと、満月大神が奉られた神社を目指して、登山した。

ということは、私が夢だと思っていた毎日は現実で――。

「夢では、なかったのですね」

熱いものがこみ上げてくる。それは、涙となって私の眦《まなじり》からあふれてきた。

「よく、頑張った」

「はい」

「だが、これからは、もっともっと、頑張ってもらわなければならない」

「え？」

「皆、狛犬カフェの再開を、待っている。早く元気になって、戻ってこい」

私を、待ってくれる人がいる。受け入れてくれる場所がある。

それは、とてもうれしいことだ。

頬に、熱いものが伝っていく。涙が、堰《せき》を切ったようにあふれていた。

鷹司さんは、号泣する私に高そうなハンカチを貸してくれた。

「ありがとう、ございます」

「礼は私ではない、町の者たちに言ってくれ」

「はい！」

真っ暗で曖昧《あいまい》だった私の未来に、一筋の光が差し込んだ。

もう、迷わないだろう。

私は、私だけができることを、知っているから。

◇◇◇

春になり、桜が満開となる季節となった。

リハビリを終えた私は、再び祖母の故郷へ降り立つ。

「遅い！」

そう言って私を迎えたのは、鷹司さんだった。

「新しいパン屋とアクセサリーショップは、とうの昔にオープンし、そこそこ繁盛しているぞ」

「アクセサリーショップって、もしかして、徳岡さんのお店ですか？」

「ああ。今は、溝口さんだがな」

溝口さんと徳岡さんは、無事に結婚したようだ。どうなったのか、気になっていたのだ。

「民泊も開始しているし、来週はマルシェもある。のんびりしている暇はないからな。ほら、見てみろ。たくさんの客が、押しかけている」

鷹司さんが指差したほうを振り返る。

駅に降り立ったのは、私だけではなかった。観光客らしき人たちで駅周辺はあふれかえっていた。皆、マップのようなものを持っている。

同じものを、鷹司さんは手渡してくれた。それは、町全体を描いたマップで、各地にあるお店を紹介していた。

「パン屋にアクセサリーショップ、書店に皮製品の専門店、レストランまで!?」

短期間で、ずいぶんとお店を誘致したようだ。

「ほら、君の店もある」

狛犬カフェも〝休業中〟と書いてあるが、マップに描かれていた。

「毎日毎日、狛犬カフェはいつオープンするんだと聞かれて困っている。一秒でも早く、営業できるよう努めるんだ」

「はい」

桜の花びらがハラハラと風に乗って流れる中、私は走る。

皆が待つ、町へと。


狛犬カフェは、今日も営業する。

本日の日替わり和菓子は〝イチゴ大福〟。

佐々木さんの果樹園で育った甘いイチゴを、あんことお餅でくるんだ一品だ。

お客さんに出す前に、満月大神の神棚へ持っていく。神棚に置いた途端、手の甲の巫女の紋章が淡く輝いた。

まるで「まあまあおいしい」なんて、もちづき君が言っているようで笑ってしまう。

神様と狛犬たちと過ごした日々は、私にとって心の糧《かて》となった。都会の暮らしで疲れ切った私を、癒してくれた。それから、ひとりだった私に居場所を与えてくれたのだ。感謝しても、し尽くせない。

今度、みんなが好きだった桜まんじゅうや笹だんごを持って、山頂にある神社にお参りに行こう。

きっと、喜んでくれるはず。

人々の願いは、生きている限り尽きない。

私の役目は、おいしいお菓子と、お茶で、心のこもったおもてなしをしながら、その願いが成就するよう満月大神に声を届けるだけ。

巫女として、狛犬カフェの店主として、今まで以上に頑張らなければ。

私の居場所は、ここにある。

これからもずっとずっと、大切に守っていきたい。

完

あとがき

スターツ出版文庫でははじめまして、江本マシメサです。

この度は、『神様こどもと狛犬男子のもふもふカフェ～みんなのお悩み祓います！～』をお手に取ってくださり、ありがとうございました。

この物語は、「とにかくイケメンが登場する話を書きたい！」という私の願望から生まれた作品で、山田シロ先生にイラストをご担当いただき、スターツ出版の編集様に支えていただきながら、この度お届けできることになりました。お楽しみいただけたら、幸いです。


本作に登場する町は、幼少時に育った町を参考に書かせていただきました。

私の故郷である町は一面田んぼで、水草が茂る川があり、美しい翡翠《かわせみ》が飛んでいくようなのどかな場所でした。思い返せば、豊かな環境の中で子ども時代を過ごしていたな、と。

外に遊びに行く日もあれば、家で漫画を読んだりゲームをしたり、絵を描いたりする日もありました。そのすべてが、創作の糧となっております。

自由気ままに育ててくれた家族にも、心から感謝しております。

最後になりましたが、読者様へ。最後まで読んでいただき、心から感謝しております。ありがとうございました。

この物語が、少しでも癒やしとなれば、これ以上嬉しいことはありません。

また、どこかでお会いできたら幸いです。

江本マシメサ

この物語はフィクションです。実在の人物、団体等とは一切関係がありません。

江本マシメサ先生へのファンレターのあて先
〒104-0031　東京都中央区京橋1-3-1　八重洲口大栄ビル7F
スターツ出版（株）　書籍編集部 気付
江本マシメサ先生

神様こどもと狛犬男子のもふもふカフェ
～みんなのお悩み祓います！～

2020年4月28日　初版第1刷発行

著　者　　江本マシメサ　

発 行 人　菊地修一
デザイン　カバー　金子歩未（TAUPES）
　　　　　フォーマット　西村弘美
発 行 所　スターツ出版株式会社
　　　　　〒104-0031
　　　　　東京都中央区京橋1-3-1　八重洲口大栄ビル7F
　　　　　出版マーケティンググループ　TEL03-6202-0386
　　　　　（ご注文等に関するお問い合わせ）
　　　　　URL　https://starts-pub.jp/
印 刷 所　大日本印刷株式会社

Printed in Japan

ISBN　978-4-8137-0896-4　C0193

スターツ出版文庫　好評発売中!!

『神様のまち伊勢で茶屋はじめました』梨木《なしき》れいあ

「ごめん、別れよう」――６年付き合った彼氏に婚約破棄された葉月。傷心中に訪れた伊勢でベロベロに酔っ払ったところを、怪しい茶屋の店主・拓実に救われる。拓実が淹れる温かいお茶に心を解かれ、葉月は涙をこぼし…。泣き疲れて眠ってしまった翌朝、目覚めるとなんと“神様”がみえるようになっていた…⁉「この者を、ここで雇うがいい」「はあ⁉」神様の助言のもと葉月はやむ無く茶屋に雇われ、神様たちが求めるお伊勢の“銘菓”をおつかいすることになり…。

ISBN978-4-8137-0876-6 ／ 定価：本体550円＋税

『ウソつき夫婦のあやかし婚姻事情～旦那さまは最強の天邪鬼⁉～』編《あみ》乃《の》肌《はだ》・著

とある事情で恋愛偏差値はゼロ、仕事に生きる玲央奈。そんな彼女を見かねた従姉妹が勝手に組んだお見合いに現れたのは、会社の上司・天野だった。しかも、彼の正体は『天邪鬼の半妖』ってどういうこと⁉「これは取引だ。困っているんだろ？その呪いのせいで」偽の夫婦生活が始まったものの、ツンデレな天野の言動はつかみどころがなくて……。「愛しているよ、俺のお嫁さん」「ウソですね、旦那さま」これは、ウソつきな２人が、本当の夫婦になるまでのお話。

ISBN978-4-8137-0877-3 ／ 定価：本体610円＋税

『365日、君にキセキの弥生桜を』櫻井《さくらい》千姫《ちひめ》・著

就活で連敗続きの女子大生・唯。ある日、帰りの電車で眠り込み、桜の海が広がる不思議な『弥生桜』という異次元の町に迷い込んでしまう。さらに驚くことに唯の体は、18歳に戻っていた…。戸惑う唯だが、元の世界に戻れる一年に一度の機会があることを知り、弥生桜で生活することを決める。外の世界に憧れる照佳や、心優しい瀬界たちと、一年中桜が咲く暖かい町で暮らしながら、唯は自分自身を見つけていく。決断の１年が経ち、唯が最終的に選んだ道は…桜舞い散る、奇跡と感動のストーリー。

ISBN978-4-8137-0878-0 ／ 定価：本体610円＋税

『円城寺士門の謎解きディナー～浪漫亭へようこそ～』藍里《あいさと》まめ・著

時は大正。北の港町・函館で、西洋文化に憧れを抱きながら勉学に励む貧乏学生・大吉は、類い稀なる美貌と資産を持つ実業家・円成寺士門と出会う。火事で下宿先をなくし困っていた大吉は、士門が経営する洋食レストラン「浪漫亭」で住み込みの下働きをすることに。上流階級の世界を垣間見れると有頂天の大吉だったが、謎解きを好む士門と共に様々な騒動に巻き込まれ…⁉　不貞をめぐる夫婦問題から、金持ちを狙う女怪盗…次々と舞い込んでくる謎を、凹凸コンビが華麗に解決する！

ISBN978-4-8137-0879-7 ／ 定価：本体610円＋税

書店店頭にご希望の本がない場合は、書店にてご注文いただけます。